ein Ullstein Buch

ein Ullstein Buch
Nr. 2926
im Verlag Ullstein GmbH,
Frankfurt/M – Berlin – Wien
Englischer Originaltitel:
»Flight Into Danger«
Übersetzt von M. T. Manger

Ungekürzte Ausgabe

Umschlagentwurf:
Hansbernd Lindemann
unter Verwendung eines
Fotos der Stiftung
Deutsche Kinemathek
Alle Rechte vorbehalten
Mit Genehmigung der
Deutschen Verlags-Anstalt
GmbH, Stuttgart
© 1958 by Ronald Payne,
John Garrod und
Arthur Hailey
Alle deutschen Rechte
an der Buchausgabe
bei Deutsche Verlags-Anstalt,
Stuttgart
Printed in Germany 1985
Druck und Verarbeitung:
Ebner Ulm
ISBN 3 548 02926 4

April 1985
103.–110. Tsd.

Von Arthur Hailey
in der Reihe der
Ullstein Bücher:

Letzte Diagnose (2784)
Hotel (2841)
Airport (3125)
Auf höchster Ebene (3208)
Räder (3272)
Die Bankiers (20175)
Hochspannung (20301)

Arthur Hailey
John Castle

Flug
in Gefahr

Roman

ein Ullstein Buch

Bordbuch

5	22 Uhr 05 — 00 Uhr 45
24	00 Uhr 45 — 01 Uhr 45
39	01 Uhr 45 — 02 Uhr 20
55	02 Uhr 20 — 02 Uhr 45
68	02 Uhr 45 — 03 Uhr 00
80	03 Uhr 00 — 03 Uhr 25
97	03 Uhr 25 — 04 Uhr 20
115	04 Uhr 20 — 04 Uhr 35
128	04 Uhr 35 — 05 Uhr 05
143	05 Uhr 05 — 05 Uhr 25
161	05 Uhr 25 — 05 Uhr 35

Das Flugpersonal der Luftlinien rechnet überall in der Welt mit der Greenwich-Zeit. Für die Passagiere jedoch bringt die Luftreise von Winnipeg nach Vancouver (1500 Meilen) drei örtliche Zeiten mit sich: Central Time, Mountain Time und Pacific Time.
Dieses zweimalige Umstellen der Uhr, und zwar jeweils um eine Stunde zurück, würde die chronologische Folge dieses Berichtes stören. Aus diesem Grunde wurde eine durchgehende Standardzeit gewählt.
Es erübrigt sich, darauf hinzuweisen, daß die Handlung, die Luftlinie und sämtliche Personen frei erfunden sind.

22 Uhr 05 - 00 Uhr 45

In strömendem Regen bog ein Taxi, den Strahl der Scheinwerfer vor sich herjagend, in die Auffahrt zum Flughafen von Winnipeg ein. Heulend kreischten die Reifen in der Kurve, als wollten sie gegen die schlechte Behandlung protestieren. Der Chauffeur trat auf die Bremsen. Die Federn knirschten, als der Wagen unter den breiten Neonlampen des Empfangsgebäudes hielt. Ein Mann stieg aus, warf dem Fahrer ein paar Banknoten hin, griff nach seinem kleinen Koffer und hastete durch die Schwingtüren.
Angesichts der Wärme und des hellen Lichtes in der großen Halle verhielt er für einen Augenblick den Schritt. Mit einer Hand klappte er den Kragen seines feuchten Mantels nach unten, dann warf er einen Blick auf die große elektrische Wanduhr. Halb gehend, halb laufend eilte er zum Schalter der Cross Canada Airlines, der, fast wie eine Bar anzusehen, in einer Ecke klebte. Ziemlich verlassen stand ein Schalterbeamter dahinter, der eine Passagierliste prüfte. Als der Mann den Schalterbeamten erreichte, nahm dieser gerade ein kleines Mikrophon zur Hand, bedeutete dem Ankommenden zu schweigen, indem er die Augenbrauen hob, und begann mit wohlabgewogener Präzision zu sprechen:
„Flug 98 – Flug 98. Direkter Flugdienst nach Vancouver mit Anschlüssen nach Victoria, Seattle und Honolulu. Alle Passagiere für Flug 98 sofort zum Flugsteig

vier, bitte. Bevor das Flugzeug in der Luft ist, wollen Sie bitte nicht mehr rauchen."

Einige Leute erhoben sich aus den Sesseln oder kamen vom Zeitungsstand. Aufatmend durchquerten sie die Halle. Der Mann im nassen Übermantel öffnete den Mund, um den Schalterbeamten anzusprechen, als er von einer älteren Dame, die sich an ihm vorbeidrängelte, energisch zur Seite geschoben wurde.

„Junger Mann", wandte sie sich an den Schalterbeamten, „ist Flugzeug 63 von Montreal schon angekommen?"

„Nein, Madame", sagte der junge Mann hinter dem Schalter lächelnd. Dann warf er einen Blick auf seine Liste. „Es ist noch unterwegs und wird etwa 37 Minuten Verspätung haben."

„Oh, dear", jammerte die Dame, „ich habe schon für meine Nichte ausgemacht, daß..."

„Bitte", sagte der Mann im Übermantel eilig, „haben Sie noch einen Platz für Flug 98 nach Vancouver?"

Der junge Mann hinter dem Schalter schüttelte den Kopf und sagte: „Bedaure. Nicht einen einzigen. Haben Sie schon beim Reisebüro nachgefragt?"

„Keine Zeit gehabt. Ich kam direkt zum Flugplatz – und hoffte auf eine Streichung." Der Mann wischte mit der Hand über das Pult. „Manchmal hat man Glück damit..."

„Sehr richtig", sagte der Mann hinter dem Pult. „Aber wegen des großen Spiels morgen in Vancouver ist alles überfüllt. Alle Flüge sind restlos gebucht, und vor morgen nachmittag werden Sie kaum etwas bekommen können."

Der Mann fluchte vor sich hin, stellte sein Köfferchen auf den Boden und schob sich den triefenden Hut ins Genick. „Verdammt noch mal", sagte er aufgeregt, „ – aber ich *muß* morgen früh in Vancouver sein!"

„Seien Sie nicht so ruppig", schnappte die alte Dame. „Jetzt bin ich an der Reihe! Und nun hören Sie gut zu, junger Mann", wandte sie sich wieder an den Mann hinter dem Pult, „meine Nichte bringt..."
„Einen Moment, Madame", mischte sich der Agent ein. Er lehnte sich über das Pult und tippte mit dem Bleistift auf den Ärmel des aufgeregten Mannes. „Sehen Sie, es ist nicht meine Sache, Ihnen das zu sagen..."
„Ja, was?"
„Na, so etwas!" explodierte die alte Dame.
„Es gibt einen Charterflug von Toronto", sagte der Mann hinter dem Pult unbewegt zu jenem im Übermantel, „der speziell für dieses Spiel angesetzt ist. Ich glaube, es waren noch ein paar Plätze frei, als die Maschine ankam. Vielleicht können Sie da einen ergattern."
„Großartig", sagte der Mann im Übermantel und angelte nach seinem kleinen Koffer. „Glauben Sie, ich habe dort eine Chance?"
„Probieren Sie's."
„Und wo ist der Mann, an den ich mich wenden muß?"
Der Agent wies quer durch die Halle. „Dort drüben rechts, am Schalter der Maple Leaf Air Charter. Aber bitte, sagen Sie nicht, daß ich Sie hingeschickt habe."
„Es ist wirklich ein Skandal", wütete die alte Dame. „Nehmen Sie bitte zur Kenntnis, junger Mann, daß meine Nichte..."
„Vielen Dank", sagte der Mann im Mantel und ging munter davon, auf ein schmales Pult zu, hinter dem ein anderer Agent, diesmal im dunklen Anzug anstelle der smarten Uniform der Cross Canada Airlines, saß. Als der Mann auf den Schalter zukam, blickte er auf, erhob sich und nahm den Bleistift schreibbereit in die Hand.
„Sir?"
„Vielleicht können Sie mir helfen. Haben Sie zufällig einen Sitz für den Flug nach Vancouver frei?"

„Vancouver? Moment, da muß ich erst nachsehen." Der Bleistift fuhr eine Passagierliste herunter. „Ja", sagte er dann, „tatsächlich, gerade einen. Aber die Maschine startet sofort, sie hat ohnehin schon Verspätung..."
„Fein", sagte der Mann im Mantel. „Und ich kann den Platz haben?"
Der Schalterbeamte griff nach dem Billettblock. „Ihr Name, bitte?"
„George Spencer."
Schnell war alles eingetragen.
„Das macht 65 Dollar für den einfachen Flug, Sir. Danke – freut mich, daß ich Ihnen helfen konnte. Haben Sie Gepäck?"
„Nur dieses Ding hier. Ich nehme es mit in die Kabine."
In ein paar Sekunden war das Gepäck gewogen und mit dem Gepäckzettel versehen. „Hier, bitte, Sir. Das Billett ist Ihr Passierschein. Gehen Sie auf Flugsteig 3 und fragen Sie nach Flug Nummer 714. Bitte beeilen Sie sich. Das Flugzeug ist wirklich schon fast abgefertigt."
Spencer nickte, drehte sich nach dem Cross-Canada Schalter um, winkte seinem hilfsbereiten Freund zu, der – über die Schulter der alten Dame hinweg – strahlend zurücklächelte. Dann eilte er durch das Ausgangstor.
Draußen mischte sich die Kälte der Nacht mit dem Heulen der Flugzeugmotoren. Wie auf allen Flugplätzen der Welt schien auch hier einige Konfusion zu herrschen. Doch das täuschte. In Wirklichkeit ging alles nach einer strengen Ordnung vor sich. Irgendein Mann wies Spencer quer durch das helle Licht, das den Regen sichtbar machte, auf ein wartendes Flugzeug zu, dessen vier Propeller blitzende Silberscheiben in die Dunkelheit zauberten.
Männer waren schon damit beschäftigt, die Treppe von

diesem Flugzeug wegzurollen. Mit großen Sätzen über die Pfützen hinwegspringend, erreichte Spencer die Männer, übergab seinen Billettabschnitt und rannte die Stufen hinauf. Der Luftstrom der bereits laufenden Motoren wirbelte ihm um den Kopf. Spencer bückte sich, betrat das Flugzeug und stand einen Moment still, um erst wieder zu Atem zu kommen. Die Stewardeß, die ein wasserdichtes Cape trug, begrüßte ihn lächelnd. Dann sicherte sie den Verschluß der schweren Tür.
„Ich bin nicht mehr besonders in Form", sagte Spencer entschuldigend und noch immer atemlos.
„Guten Abend, Sir", antwortete die Stewardeß freundlich. „Es freut mich, Sie an Bord zu haben..."
„Glücklicherweise habe ich's gerade noch geschafft."
„Dort vorn ist ein Platz frei", sagte das Mädchen.
Spencer schlüpfte aus dem Mantel, nahm den Hut ab und ging durch den Gang auf den freien Platz zu. Mit einiger Schwierigkeit konnte er den Mantel in das Gepäcknetz hineinzwängen. „Diese Dinger werden nie groß genug gemacht", bemerkte er zu seinem Nachbarn, der ihm zuschaute und seinerseits das Gepäck einfach unter dem Sitz verstaut hatte. Dann sank Spencer erlöst und aufatmend in die weichen Polster.
„Guten Abend", kam die Stimme der Stewardeß über den Lautsprecher. „Die Maple Leaf Air Charter Company heißt ihre neuen Passagiere von Flug 714 willkommen. Wir hoffen, daß Sie einen angenehmen Flug haben werden. Bitte schnallen Sie sich an; wir werden jeden Moment starten."
Während Spencer noch mit seinem Gurt beschäftigt war, grunzte sein Nachbar: „Schauen Sie. Das ist eine nette, nüchterne Einstellung, der man nicht oft begegnet."
Dabei wies er auf eine kleine Tafel an der Rücklehne des vorderen Sitzes:

IHRE SCHWIMMWESTE IST UNTER DEM SITZ

Spencer lachte. „Ich wäre wahrscheinlich schon im Regen ersoffen, wenn ich diese Maschine nicht erreicht hätte."
„Auch ein Fußballfan, eh?"
„Fan?" Spencer erinnerte sich, daß dies ja ein Charterflug war, der wegen eines Fußballspiels eingesetzt worden war. „Nee...", sagte er hastig. „Ich hatte nicht das Spiel im Kopf. Ich sag's nicht gern, aber ich muß nach Vancouver, um eine geschäftliche Verabredung einzuhalten. Ich würde das Match gern sehen. Aber ich fürchte, es kommt nicht in Frage."
Sein Nachbar sprach lauter, um den aufkommenden Motorenlärm zu übertönen: „Ich würde das an Ihrer Stelle nicht so laut sagen. Dies Flugzeug ist mit Querköpfen beladen, die nur mit einem Gedanken nach Vancouver gehen: fanatisch wie der Teufel zu ihren Jungen zu halten und den Gegner zu vernichten. Es ist nicht besonders ratsam, wenn Sie von diesem Naturereignis in so leichtem Ton sprechen..."
Spencer kicherte vor sich hin und beugte sich in seinem Sitz vor, um einen Blick in die Kabine zu werfen.
Da saß eine Gesellschaft typischer, lauter, aufgeregter aber gutmütiger Sportfans, die alle mit dem einen Ziel unterwegs waren: die gegnerische Mannschaft zu vernichten und den Triumph zu feiern.
Unmittelbar zur Rechten Spencers saß ein Mann mit einer Frau. Beide hatten die Nasen in die Blätter von Sportmagazinen gesteckt. Hinter ihnen saßen vier Männer, die damit beschäftigt waren, über die Verdienste verschiedener Spieler in den vergangenen Jahren zu diskutieren. Ein Teil ihrer Unterhaltung kam fetzenweise herüber: „Haggerty, Haggerty? Reden wir nicht von dem. Der kann Thunderbolt nicht das Wasser reichen. Aber da ist jetzt ein Mann..."
Hinter den leicht angetrunkenen vier Männern war

offensichtlich eine andere Gruppe der gleichen Clubfarbe placiert. Meist große, rotgesichtige Männer, die sich mit dem Spiel befaßten, das vor dem morgigen Vancouverspiel stattgefunden hatte.
Spencer drehte den Kopf wieder zu seinem Nachbarn hinüber. Gewöhnt, auf Kleinigkeiten zu achten, bemerkte er, daß der Mann einen vorzüglich geschnittenen Anzug trug. Keine Konfektion, nur ziemlich zerknittert. Die Krawatte paßte nicht dazu. Das langgeschnittene Gesicht, umrahmt von graumeliertem Haar, strahlte ein unbestimmbares Fluidum von Zuverlässigkeit und Autorität aus. Ein Charaktergesicht, konstatierte Spencer bei sich.
„Ich fühle mich unter diesen Leuten wie ein Ketzer", bemerkte Spencer, das Gespräch erneut anknüpfend. „Aber ich muß zu meiner Schande gestehen, daß ich nur auf dem Weg zu einer Verkaufsreise an der Küste bin."
Sein Nachbar zeigte höfliches Interesse. „Und was verkaufen Sie?" fragte er.
„Lastwagen. Massenhaft Lastwagen."
„Aha, Lastwagen. Ich dachte, die würden durch normale Verkaufsgeschäfte an den Mann gebracht?"
„Normalerweise schon. Ich werde nur dann hingeschickt, wenn sich ein Geschäft anbahnt, bei dem es sich um dreißig, vierzig oder hundert Lastwagen handelt. Die örtlichen Verkaufsstellen lieben mich nicht sonderlich. Sie meinen, ich wäre der Scharfschütze vom Verkaufsbüro, der mit Sonderpreisen ankommt und einfach in ein Geschäft einhakt, für das sie vielleicht Wochen gebraucht hätten. Immerhin ist es ein ganz vernünftiges Leben." Spencer suchte nach seinen Zigaretten, hielt jedoch mitten in der Bewegung inne. „Ah – sind wir jetzt nicht schon in der Luft?"
„Wenn wir es sind, dann fliegen wir verdammt tief und mit null Meilen Tempo", scherzte der Nachbar.
„Hm." Spencer streckte seine Beine aus. „Mann, bin ich

müde! Heute war einer dieser verfluchten Tage, an denen man die Wände hinaufgehen könnte. Wissen Sie, was ich meine?"
„Ich glaube ja."
„Zuerst sagte dieser Vogel, daß er die Lastwagen des Konkurrenten schließlich doch lieber nehmen würde. Dann, als ich ihm meine verkauft hatte und gerade glaubte, daß ich morgen abend bei Frau und Kindern sitzen könnte – kam ein Telegramm, das mich für morgen mittag nach Vancouver zitierte. Dort droht ein großer Abschluß flöten zu gehen. Also muß ich fliegen und den schönen Tag in den Mond schreiben." Spencer seufzte und setzte sich aufrecht. „He, wenn Sie vierzig oder fünfzig Lastwagen wollen, kann ich Ihnen einen passablen Rabatt geben. Würden Sie sich nicht wie ein Admiral fühlen, der eine Flotte befehligt?"
Der Mann neben ihm lachte. „Danke nein. Ich kann so viel Lastwagen kaum brauchen, fürchte ich. Es läge ein bißchen außerhalb meines Interessenkreises."
„Was machen Sie?" fragte Spencer.
„Medizin", kam es lakonisch.
„Arzt?"
„Ja, Arzt. Und deshalb bin ich für Sie zum Lastwagenverkauf kaum das geeignete Objekt. Ich könnte mir nicht mal leisten, einen einzigen zu kaufen – ganz abgesehen von vierzig. Die einzige Extravaganz, die ich mir erlauben kann, ist Fußball. Dafür reise ich überallhin, sofern ich die Zeit finde. Siehe auch dieser heutige Flug..."
Spencer legte den Kopf an die Leine zurück und sagte: „Es ist nett, Sie neben sich sitzen zu haben, Doktor. Wenn ich nicht schlafen kann, bekomme ich doch von Ihnen ein Schlafmittel?"
Während er sprach, donnerten die Motoren plötzlich mit voller Lautstärke los. Das Flugzeug vibrierte, während es sich noch in die Bremsen stemmte.

Der Doktor brachte seine Lippen an Spencers Ohr und bemerkte: „Ein Schlafmittel wäre für Ihr Geschäft nicht besonders gut. Übrigens konnte ich nie verstehen, weshalb diese Flieger jedesmal vor dem Start all den Lärm machen müssen."
Das Dröhnen klang langsam ab, und Spencer konnte ohne Anstrengung sagen: „Das ist das normale Abbremsen der Motoren. Es muß sein, bevor eine Maschine startet. Jeder Motor hat zwei Magnete, damit – sofern einer versagt – der andere noch arbeitet. Und während des Abbremsens – Sie wissen ja, das geschieht für jeden Motor einzeln – prüft der Pilot mit Vollgas und kann dabei feststellen, ob alle Magnete richtig arbeiten. Erst wenn der Pilot sich überzeugt hat, daß alles in Ordnung ist, startet er. Vorher nicht. Die Luftlinien müssen davon gottlob allerhand Aufhebens machen."
„Das hört sich an, als verstünden Sie eine Menge davon", meinte der Doktor.
„Nicht so schlimm. Ich war während des Krieges Kampfflieger. Aber das ist zehn Jahre her, und ich bin ziemlich verrostet, ich habe das meiste vergessen."
„Jetzt starten wir endlich", konstatierte der Doktor, als die Motoren plötzlich einen Ton tiefer orgelten. Starker Druck preßte die Passagiere in ihre Sitze, als sich die Maschine in Bewegung setzte. Allmählich wurde die Geschwindigkeit auf der Betonbahn schneller und schneller. Kurz darauf gab es einen sanften Ruck, der anzeigte, daß man nun in der Luft war. Der Motorenlärm ging in ein gleichmäßiges Geräusch über. Das Flugzeug stieg langsam, und Spencer beobachtete, wie unterhalb des in der Kurve geneigten Flügels die Flugplatzlichter nochmals aufblitzten.
„Sie können sich nun losschnallen", verkündete der Lautsprecher. „Sie dürfen jetzt auch rauchen, wenn Sie wollen."

„Ich bin immer froh, wenn dieses Manöver endlich vorbei ist", murrte der Doktor, öffnete seinen Gurt und nahm eine Zigarette von Spencer an. „Danke. Übrigens – ich heiße Baird, Bruno Baird."
„Freut mich, Doktor", sagte Spencer. „Ich bin Spencer, George Spencer von der Fulbright Motor Company."
Eine Zeitlang schwiegen sie. Abwesend sogen sie an ihren Zigaretten und verfolgten die Rauchwölkchen, die langsam durch die Kabine zogen, bis sie vom Frischluftstrom erfaßt und abgesaugt wurden. Spencer träumte vor sich hin. Er sah, wie er zum Hauptbüro zurückkommen würde. Obwohl er die Sache telefonisch schon dem örtlichen Vertreter von Winnipeg erklärt hatte, ehe er das Taxi zum Flugplatz bestellte, würde diese Vancouver-Sache allerhand Mühe bereiten. Spencer rechnete sogar mit einem Mordstheater. Aber wenn er bei diesem Auftrag Erfolg hatte, würde er vielleicht eine Gehaltserhöhung bekommen – oder gar befördert werden. Vielleicht könnte er den Posten als Leiter der Verkaufsabteilung erhalten, den sein Chef schon oft erwähnt hatte. Aber nie war etwas daraus geworden. Mary und er, Bobsie und Klein-Kit könnten vielleicht aus dem scheußlichen Haus in die Parkway Hights umziehen. Oder man könnte alle Rechnungen bezahlen – für den neuen Wasserboiler, das Schulgeld, die Installation des Kühlschranks oder die Krankenhausrechnungen, die für Marys letzte Niederkunft noch offen waren. Oder doch nicht alles, überlegte Spencer. Nein, das täte er nicht einmal am Zahltag.
Doktor Baird versuchte sich zu entscheiden, ob er jetzt lieber schlafen oder einen Blick in die Bordzeitung der B. M. J. werfen sollte. Schließlich entschied er sich weder für das eine noch für das andere. Er dachte über die Kleinstadt nach, die er für ein paar Tage verlassen hatte. Ob Evans wohl allein durchkommen würde? Ein viel-

versprechender Junge – aber noch schrecklich jung. Er hoffte zu Gott, daß diese Mrs. Lowrie, die immer wieder kam, um ihre unsinnigen Patentmedizinen zu offerieren, ihm nichts aufhängen würde. Immerhin war ja Doris da, seine Frau, die den jungen Evans schon im Auge behalten würde. Die Frau des Doktors verstand so etwas wunderbar. Lewis würde im Laufe der Zeit auch die richtige Frau finden müssen ...
Der Doktor nickte ein bißchen ein. Als ihm die Zigarette die Finger verbrannte, schreckte er wieder hoch.
Das Paar in den gegenüberliegenden Sitzen saß noch immer über den Sportzeitungen. Statt Joe Greer zu beschreiben, hätte man genausogut auch Hazel Greer schildern können. Beide hatten dieselbe rosige Haut und helle Augen, klar wie der blaue Himmel. Aber viel mehr ließ sich auch nicht von ihnen sagen. Ebensowenig könnte man die Geheimnisse des Universums beschreiben. „Barley–Zucker?" fragte Joe seine Frau, als das Bonbontablett präsentiert wurde. „Mhm", meinte Hazel. Mit vollen Backen kauend, ließen die beiden ihre braunhaarigen Köpfe wieder über die Magazine sinken.
Die vier Männer dahinter tranken ihre dritte Runde Scotch aus Pappbechern. Drei von ihnen waren vom normalen Typ: kräftig, redselig, angriffslustig und nicht in der Lage, sich über zwei sicher bemerkenswerte Tage ein wenig zu freuen. Der vierte war ein kleiner, dünner, armseliger Mann von geradezu kläglichem Aussehen und undefinierbarem Alter. Er sprach einen kräftigen Lancashire-Akzent. „Auf morgen", sagte er und stieß mit den Freunden den Pappbecher an. Die anderen pflichteten bei. Einer von ihnen zog sich den Rockaufschlag zurecht, dann reichte er sein Zigarettenetui herum und bemerkte: „Kein Gedanke daran, daß wir das Spiel nicht machen. Aber als wir in Toronto in diesem verdammten Nebel warten mußten, sagte ich mir: ‚An-

dy', sagte ich, ,das ist eine dieser gräßlichen Sachen, die du dir ersparen mußt.' Immerhin haben wir nur ein paar Stunden Verspätung und können im Flugzeug ja immer noch etwas schlafen."

„Aber nicht, bevor wir gegessen haben", warf einer der anderen ein. „Ich sterbe vor Hunger. Wann bringen sie denn hier endlich was zu futtern?"

„Wird wohl bald soweit sein. Normalerweise gibt's um acht Uhr Essen, aber durch den Aufenthalt sind sie natürlich auch in Rückstand gekommen."

„Macht nichts. Trinkt einen Schluck in der Zwischenzeit", sagte der Lancashire-Mann, der auf den Spitznamen Otpot hörte, und reichte eine Flasche herum.

„Langsam, Boy. Wir haben nicht mehr allzuviel davon."

„Ach – dort, wo der herkommt, gibt's noch eine ganze Menge. Trinkt nur. Ihr werdet danach gut schlafen."

Die übrigen 56 Passagiere, darunter drei oder vier Frauen, lasen oder unterhielten sich. Alle freuten sich auf das große Spiel von morgen. Und alle waren ein wenig ungeduldig, die letzte Etappe der transkontinentalen Reise bald hinter sich zu bringen. Durch die Fenster der rechten Seite war das blinkende Blau und Gelb der Lichter der letzten Vorstädte von Winnipeg zu sehen, ehe das Flugzeug, das immer weiter stieg, in den Wolken verschwand.

In der kleinen, aber gut eingerichteten Kombüse bereitete die Stewardeß, Janet Benson, alles für das Essen vor, das eigentlich schon vor zwei Stunden hätte serviert werden sollen. Der Spiegel über dem Gläserschrank reflektierte ihr vergnügtes Gesicht. Immer beim Beginn eines Fluges empfand sie eine dankbare Überschwenglichkeit. Doch sie war stets bemüht, sie in den vier Wänden ihrer kleinen Kombüse zu verbergen. Sie nahm das nötige Geschirr aus den eingebauten Haltevorrichtungen und summte leise vor sich hin. Das Servieren war der letzte Teil ihrer Pflichten als Stewardeß, und Janet wußte, daß es für ein Flugzeug voll hungriger Mägen ziemlich spät war. Trotzdem war sie zufrieden und glücklich. Viele ihrer Fluggäste sahen ihr nach und beobachteten das lockere Spiel ihrer blonden Haare, die unter dem Mützchen hervorlugten. Die graziösen Bewegungen ihres schlanken Körpers erweckten in ihr, während sie eifrig den Gang auf und ab eilte, regelrechtes Selbstvertrauen. Janet, einundzwanzig Jahre alt, begann gerade erst zu leben. Sie fand es herrlich.

Vorn in der Pilotenkabine herrschte nur ein einziger Ton: das gleichmäßige Gedröhn der Motoren. Beide Piloten saßen, abgesehen von einer gelegentlichen Arm- oder Beinbewegung, völlig regungslos. Ihre Gesichter waren nur vom schwachen Lichtschein der Armaturen erhellt. Aus den Kopfhörern, die ihre Ohren halb bedeckten, tönte das Krächzen der Unterhaltung zwischen einem anderen Flugzeug und einer Bodenfunkstation. Um die Nacken der beiden Piloten lag ein kleiner Haltearm, an dem das Mikrophon befestigt war. Captain Dunning streckte sich im Sitz aus, ließ einen Moment die Muskeln spielen und blies durch den Schnurrbart, der überall bekannt war. Dunning schien älter als nur 31 Jahre.

„Wie ist die Zylinderkopftemperatur von Motor drei, Pete?" fragte er, und seine Augen streiften flüchtig den Ersten Offizier.

Pete starrte auf das Instrumentenbrett. „Okay, Captain. Ich habe in Winnipeg alles geprüft, konnte aber nichts feststellen. Es sieht so aus, als hätte sich's von selbst geregelt. Er wird jetzt nicht mehr zu warm."

„Gut." Dun starrte in den nächtlichen Himmel. Dünner Mondschein blinkte durch die Wolkenbänke, die

aussahen wie zerzauste Baumwollballen. Gelegentlich tauchte das Flugzeug in grauweiße Wolken ein, um nach ein oder zwei Sekunden wie ein aus dem Wasser steigender Spaniel, der sich schüttelt, wieder aufzutauchen. „Mit ein bißchen Glück werden wir durchkommen", kommentierte er. „Der Wetterbericht war annehmbar. Bei diesen Vergnügungsreisen kann man sich meistens nicht genau an den Flugplan halten."
„Sicher", bestätigte der Erste Offizier. „In einem Monat wird es anders werden."
Das Flugzeug begann zu stampfen und zu ächzen, als es durch Böen flog, und der Captain konzentrierte sich darauf, die Maschine in der richtigen Lage zu halten. Dann bemerkte er: „Schaust du dir in Vancouver das Spiel an, wenn du Zeit dazu hast?"
Der Erste Offizier zögerte mit der Antwort. „Ich weiß noch nicht. Mal sehen, wie's läuft."
Der Captain warf ihm einen scharfen Blick zu. „Was heißt das? Wie was läuft? – Wenn du die Augen auf Janet geworfen haben solltest, kannst du sie getrost wieder wegnehmen. Sie ist zu jung, um unter den miserablen Einfluß eines Windhundes, wie du einer bist, zu kommen."
Es gab jedoch Leute, die über den netten jungen Mann mit den verträumten Augen, der noch in den zwanziger Jahren war, anders dachten. „Langsam, Captain", protestierte er und wurde rot. „Ich habe in meinem ganzen Leben noch keinen Menschen verdorben."
„Das klingt zu schön, um wahr zu sein. Also fang mit Janet nichts an!" Der Captain grinste. „Das halbe Luftpersonal von Canada versucht unentwegt, von ihr ein Rendezvous zu bekommen. Mach dir das Leben nicht schwer, du Dummkopf."
Vier Meter von ihnen entfernt, auf der anderen Seite der Schiebetür, nahm das Objekt dieser Unterhaltung die Bestellungen für das Abendessen entgegen.

„Möchten Sie jetzt essen, Sir?" fragte sie mit liebenswürdigem Lächeln.
„Äh – was ist? O ja, bitte." Baird fand in die Gegenwart zurück und stieß Spencer an, der eingeschlafen war. „Aufwachen! Wollen Sie nichts essen?"
Spencer gähnte und kam langsam zu sich. „Klar! Sie sind ziemlich spät mit dem Essen dran, Miß, was? Ich dachte, ich hätte es längst verschlafen."
„Wir wurden in Toronto aufgehalten, Sir, und konnten das Abendessen nicht rechtzeitig servieren. Was wünschen Sie? Es gibt Lammfleisch oder gebackenen Salm."
„Ja, bitte."
Janet mußte ein Lächeln verbergen. „Was bitte, Sir?" fragte sie geduldig.
Endlich kam Spencer vollends zu sich. „Entschuldigen Sie, Miß, Lamm bitte."
„Ich auch", sagte Baird.
Janet war für die nächste halbe Stunde voll damit beschäftigt, das Essen vorzubereiten und allen zu servieren. Fast jeder hatte Hunger gehabt. Endlich war sie fertig und konnte das Bordtelefon abnehmen. Sie drückte auf den Knopf, der die Verbindung mit den Piloten herstellte.
„Pilotenkabine", kam die Stimme von Pete.
„Ich bin mit dem Servieren fertig", sagte Janet. „Immer noch besser so spät als nie. Was soll's sein: Lamm oder gebackener Salm?"
„Moment." Sie hörte, wie Pete dem Captain die Frage weitergab. „Janet", meinte er dann, „der Captain sagt, er möchte Lamm. Nein – Moment, er hat sich's anders überlegt. Ist der Fisch gut?"
„Schaut gut aus", sagte Janet. „Ich habe jedenfalls keine Klage gehört."
„Für den Captain also Salm. Ich glaube, wir nehmen

alle beide Salm. Es wird uns gut tun. Wir sind nämlich im Wachstum begriffene Knaben, die kräftiges Essen brauchen."

„Gut, also doppelte Portionen wie üblich. Zweimal Fisch."

Schnell machte sie die beiden Tabletts fertig und balancierte eins davon den Gang entlang nach vorn. Geschickt glich sie im Gehen die bockenden Bewegungen des Flugzeugs aus. Pete öffnete ihr die Tür und nahm ihr das Tablett ab. Der Captain hatte inzwischen die automatische Steuerung eingeschaltet und die erforderliche Sprechfunk-Meldung bereits halb durchgegeben. Er sprach mit der Luftraum-Kontrolle von Winnipeg:

„... Höhe 16 000 Fuß. Rechtsweisender Kurs 285 Grad. Geschwindigkeit 210 Knoten. Geschwindigkeit über Grund 174 Knoten. Voraussichtliche Ankunftszeit in Vancouver 05.05 nach Pazifik Standard-Zeit – Ende."

Er schaltete von Sendung auf Empfang, und sofort tönte ein deutlich hörbares Krächzen aus dem Kopfhörer:

„Flug 714. Hier ist Winnipeg Control. Verstanden – aus."

Dun nahm das Logblatt, machte eine Eintragung, rutschte mit dem Sitz zurück, um von der Steuerung freizukommen und sie trotzdem jederzeit leicht erreichen zu können, falls es nötig wurde, wieder mit der Hand zuzugreifen. Pete begann zu essen. Geschickt balancierte er das Tablett auf den Knien.

„Es dauert nicht lange, Captain", sagte er.

„Wir haben keine Eile", sagte Dun und streckte die Arme über dem Kopf aus, soweit es die enge Kabine erlaubte. „Ich kann warten. Iß nur in Ruhe. Wie ist der Fisch?"

„Nicht schlecht", nuschelte der Erste Offizier mit vollem Mund. „Wenn wir drei- oder viermal soviel Zeit hätten, wär's sogar ein verteufelt gutes Essen."

Der Captain lachte vor sich hin. „Paß auf deine Figur auf, Pete." Dann drehte er sich zur Stewardeß um, die hinter dem Sitz wartete. „Hinten alles in Ordnung, Janet? Wie geht's den Fußball-Fans?"
Janet lächelte. „Momentan sind sie ruhig. Das lange Warten in Toronto hat sie müde gemacht. Vier von ihnen sind vom Scotch so fertig, daß man nicht mit ihnen reden kann. Man muß ein bißchen auf sie aufpassen, wenn sie jetzt auch wie friedliche Nachtengel aussehen."
Pete zog gedankenvoll die Augenbrauen in die Höhe. „Oha, Mädchen. Das ist eine Nacht, in der man aufpassen muß, daß kein Malheur passiert."
„Noch nicht", sagte Janet leichthin, „aber warnen Sie mich, wenn Sie das Steuer übernehmen, ich werde dann vorsorglich die Tüten zurechtlegen."
„Das geschieht dir recht", sagte der Captain schadenfroh. „Ich freue mich, daß Sie das gemerkt haben, Janet."
„Wie ist das Wetter?" fragte sie.
„Ordentlicher Nebel östlich der Berge, der sich fast bis Manitoba ausdehnt. Aber das stört uns nicht sonderlich, denke ich. Es wird ein relativ ruhiger Flug zur Küste werden."
„Gut. Halten Sie den Junior bitte vom Steuern ab, während ich den Kaffee serviere, ja?"
Bevor Pete etwas einwenden konnte, eilte sie hinaus, ging durch den Passagierraum, nahm die Bestellungen für Kaffee auf. Kurze Zeit später brachte sie auch dem Captain sein Tablett. Dun nahm das Essen zu sich und schlürfte anschließend zufrieden und satt den Kaffee. Pete hatte die Steuerung übernommen und starrte auf die Instrumente, als der Captain sich schließlich erhob.
„Schau zu, daß wir vorwärtskommen. Pete. Ich werde

inzwischen mal unseren lieben Kunden gute Nacht sagen."

Pete nahm es zur Kenntnis, ohne sich umzudrehen. „Okay, Captain." Der Captain folgte Janet in das helle Licht der Passagierkabine, blinzelte und blieb zunächst bei Spencer und Baird stehen, die gerade ihre Tabletts an die Stewardeß zurückreichten.

„Guten Abend", sagte Dun. „Alles in Ordnung?"

Baird schaute auf. „Warum? Sicher, danke. Gutes Essen – wir hatten's nötig."

„Das glaube ich. Es tut mir leid, daß es so spät wurde." Der Doktor schob die Rechtfertigung mit einer Handbewegung beiseite. „Nonsens. Blamage! Nur weil Toronto der Ansicht war, es hätte ein bißchen Nebel. Schön", er lehnte sich in die Polster zurück, „ich werde jetzt ein Nickerchen machen."

„Ich auch", schloß sich Spencer gähnend an. „Ich wünsche Ihnen eine angenehme Nacht", sagte Dun höflich und schaltete eigenhändig die Leselampe aus. „Die Stewardeß wird Ihnen Kissen bringen." – Er ging weiter nach hinten und wechselte hier und dort ein paar Worte mit den Passagieren. Einigen zeigte er, wie die Sitze verstellt werden konnten, anderen erklärte er etwas über die Fortbewegung von Flugzeugen, und wieder anderen gab er Auskunft über das Wetter.

„So", sagte Spencer. „Ich bin zum Schlafen bereit. Noch eins, Doktor: Sie haben's heute ganz gut getroffen. Wenigstens einmal sind Sie vor nächtlichen Telefonanrufen sicher..."

„Wie lange fliegen wir noch?" murmelte Baird schlaftrunken mit geschlossenen Augen. „Gute sieben Stunden. Am besten, man verschläft's. Gute Nacht."

„Gute Nacht, Doc", grunzte Spencer und schob sich das Kissen ins Genick. „Boy – bin ich müde!"

Das Flugzeug dröhnte auf seinem Kurs vorwärts. Im-

mer wieder wurde es von den dichten Wolken verschluckt. 16 000 Fuß unter ihm schliefen die Prärien von Saskatchewan.
Dun hatte inzwischen das Whisky trinkende Quartett erreicht und verbot höflich für den Rest der Nacht den weiteren Konsum von Alkohol. „Sie wissen", sagte er mit entschuldigendem Lächeln, „daß es ohnehin nicht erlaubt ist. Lassen Sie bitte keine weiteren Flaschen mehr sehen – oder ich lasse Sie aussteigen und zu Fuß gehen!"
„Ist Kartenspielen auch verboten?" fragte einer der Vier und hob eine Taschenflasche gegen das nächste Lämpchen, um sie dann, an einen Mundwinkel gedrückt, vom letzten Tropfen zu befreien.
„Nicht unbedingt, sofern die anderen Passagiere nicht gestört werden", sagte Dun.
„Mir tut der arme Captain leid", sagte der Mann von Lancashire. „So was wie diese Nacht muß ein hartes Brot sein – he?"
„Übungssache", sagte Dun. „Nichts weiter als Gewohnheit."
„Kommt man wirklich eines Tages dahin, daß jeder Flug nur noch Routinearbeit ist?" fragte einer.
„Ja, sicher. Ich glaube schon."
„Bis etwas passiert – eh?" meinte ein anderer.
Es gab einen Heiterkeitsausbruch, während Dunning diese Vier wieder verließ. Nur der Lancashire-Mann erhitzt vom vielen Trinken, dachte noch einen Augenblick über seine eigenen Worte nach.

00 Uhr 45 - 01 Uhr 45

Der Captain hatte seine Runde im Passagierraum fast beendet und war froh, sich einige Augenblicke lang in Ruhe mit einem kleinen Mann unterhalten zu können, der schon ein paarmal mit ihm geflogen war.
„Ich weiß", sagte er und strich sich über den buschigen Schnurrbart, „das sieht ein bißchen nach Air Force aus. Aber ich hab ihn nun schon so lange, ich könnte mich nicht mehr von ihm trennen. Er ist ein alter Freund geworden, wissen Sie."
„Ich bin überzeugt, daß man mit solch einem Bart bei den Mädchen Bombenerfolg hat", sagte der kleine Mann. „Wie nennt man Sie? Biber?"
„Aber nein", meinte Dun mit dem Anflug eines Grinsens. „Wir sind bei unserer Linie alle ein bißchen eingebildet. Die meisten sagen ‚Dun' zu mir, oft auch ‚Dunsinande'."
„Wie?" fragte der kleine Mann erstaunt.
„Dunsinande", wiederholte der Captain bedächtig. „Das kennen Sie doch sicher? Wo haben Sie Ihren Macbeth gelassen?"
Der kleine Mann starrte ihn verständnislos an. „Wo ich meinen Macbeth gelassen habe?" wiederholte er unsicher. „Was wollen Sie damit sagen?"
Der Captain stand auf. Während der Unterhaltung hatte er die Stewardeß beobachtet, die ein wenig weiter vorn über eine Dame gebeugt stand und ihr die Hand auf die Stirn legte. Als Dun neben sie trat, klammerte sich

die Dame eher liegend als sitzend in ihren Sessel. Ihr Kopf war gegen das Polster zurückgefallen, und sie schnitt merkwürdige Grimassen. Qualvoll zogen sich ihre Augen zusammen.
Der Captain berührte die Stewardeß leicht am Arm. "Ist was los, Miß Benson?"
Janet richtete sich auf. "Die Dame verträgt das Wetter nicht besonders, Captain", sagte sie leise. "Ich werde ihr ein Aspirin geben. Ich komme gleich wieder."
Dun trat näher und beugte sich über die Frau und den Mann, der neben ihr saß. "Es tut mir leid, das zu hören", sagte er mitfühlend. "Woran kann das nur liegen?"
Die Dame starrte ihn an. "Ich – ich weiß nicht", sagte sie mit schwacher Stimme. "Mir ist plötzlich gar nicht gut. Erst seit ein paar Minuten. Ich fühle mich krank und zerschlagen, und ich habe abscheuliche Schmerzen – hier..." Sie deutete auf ihren Magen. "Es tut mir leid, daß ich Ihnen Umstände mache. Ich..."
"Na, na, Süße", murmelte der Mann daneben. "Bleib still liegen, dann wird's bestimmt besser." Er blickte den Captain an: "Ein bißchen Luftkrankheit vermutlich?"
"Vermutlich, Sir", bestätigte Dun. Gedankenvoll sah er auf die Dame hinunter und bemerkte, daß sich auf ihrer Stirn kleine Schweißperlen bildeten. Ihr Haar war wirr. Als sie mit einer Hand nach der Sessellehne griff und sich mit der anderen an ihren Mann klammerte, sah Dun, daß ihre Handgelenke schneeweiß waren.
"Es tut mir schrecklich leid, daß es Ihnen nicht gut geht", wiederholte er. "Aber ich bin sicher, die Stewardeß kann Ihnen gleich helfen. Versuchen Sie, sich, so gut es geht, zu entspannen. Wenn es Sie beruhigt, kann ich Ihnen versichern, daß es so aussieht, als würden wir gleich einen ganz ruhigen Flug haben."
Er trat beiseite, um Janet Platz zu machen. "Jetzt haben wir's gleich", sagte die Stewardeß und reichte der Dame

die Tabletten. „Nehmen Sie." Sie stützte der Dame den Kopf, um ihr beim Trinken des Wassers behilflich zu sein. „So, fein. Nun wollen wir es uns ein bißchen bequemer machen, ja?" Damit breitete sie eine Decke über die Frau. „Besser?" Die Dame nickte dankbar.

„Ich komme gleich zurück, um zu sehen, wie es Ihnen geht", sagte die Stewardeß. „Bitte genieren Sie sich nicht, die Tüte zu nehmen, wenn Sie merken, daß Ihnen schlecht wird. Und wenn Sie mich brauchen, dann drücken Sie bitte nur auf den Knopf dort am Fenster."

„Danke, Miß", sagte der Ehemann. „Ich bin sicher, sie wird sich bald wieder wohl fühlen." Mit einem kleinen Lächeln sah er seine Frau an, um sie zu beruhigen. „Versuch zu schlafen, Liebste, es wird vorübergehen."

„Ich hoffe auch", sagte der Captain. „Ich weiß, wie unangenehm so etwas sein kann. Hoffentlich geht es Ihnen bald besser, Madame. Ich wünsche, daß Sie trotzdem noch eine angenehme Nacht haben."

Er ging vollends durch den Gang und erwartete Janet in der Kombüse. „Wer sind diese Leute?" fragte er, als die Stewardeß kam.

„Mr. und Mrs. Childer – John Childer. Bis vor einer Viertelstunde war sie kerngesund."

„Hm. Ich glaube, es ist gut, wenn Sie mir – falls es schlimmer wird – sofort Bescheid sagen, damit ich über Funk versuchen kann.."

Janet blickte ihn kurz an. „Warum? Woran denken Sie eigentlich, Captain?"

„Weiß nicht. Mir gefällt's nicht, wie die Frau aussieht. Es kann Luftkrankheit sein oder nur ein Gallenanfall – möglich. Aber es sieht so aus, als ginge es ihr verdammt schlecht." Der Captain sah beunruhigt aus. Seine Finger trommelten geistesabwesend auf den Metallbeschlag des Tisches. „Haben wir einen Arzt an Bord?"

„In der Liste ist niemand als Doktor eingetragen", antwortete Janet, „aber ich könnte ja herumfragen."
Dun schüttelte den Kopf. „Machen Sie jetzt niemanden nervös. Die meisten sind im Begriff, einzuschlafen. Lassen Sie mich in einer halben Stunde wissen, wie es ihr geht." Als er sich zum Gehen wandte, senkte er die Stimme. „Das Dumme ist, daß wir noch über vier Stunden fliegen müssen, bis wir die Küste erreichen."
Im Vorbeigehen blieb er nochmals einen Moment bei der kranken Dame stehen und lächelte ihr aufmunternd zu. Sie versuchte, zurückzulächeln, aber die Schmerzen verkrampften ihre Augenlider. Wieder sank sie in sich zusammen. Dun blieb ein paar Sekunden stehen und beobachtete sie genau. Dann ging er weiter, schloß die Tür des Cockpit hinter sich und schlüpfte auf seinen Sitz. Er nahm die Mütze ab, dann griff er nach Kopfhörer und Mikrophon.
Pete flog selbst. Er hatte die automatische Steuerung wieder ausgeschaltet. Zerrissene Wolkenbänke fegten an den Fenstern vorüber, bedeckten sie einen Moment und ließen sie dann wieder frei.
„Cumulus-Nimbus, sehr hübsch aufgebaut", kommentierte der Erste Offizier die Art der Wolken.
„Wird 'ne rauhe Sache", meinte Dun.
„Sieht ganz danach aus."
„Ich übernehme jetzt wieder das Steuer. Es wird besser sein, wir gehen darüber. Fragen Sie nach, ob wir auf 20 000 Fuß fliegen dürfen, ja?"
„Okay." Pete drückte auf den Mikrophonknopf und schaltete damit die Sendeanlage ein. „714 an Regina Radio", rief er.
„Sprechen Sie, 714", kam eine krächzende Stimme aus dem Kopfhörer.
„Wir sind mitten in schwerem Wetter. Bekommen wir die Erlaubnis, auf 20 000 Fuß zu steigen? – Ende."

„714 – warten Sie! Ich frage bei ATC* nach."
„Danke", gab Pete zurück.
Der Captain lugte in die turbulenten Wolkenaufbauten. „Es ist am besten, wir sagen Janet, daß sich die Passagiere anschnallen sollen, Pete", meinte er, während er konzentriert, aber ganz automatisch die Tendenz des Flugzeugs, auf und ab zu holpern, ausglich.
„Okay", sagte Pete und griff nach dem Bordtelefon, das hinter ihm hing. Das Flugzeug schüttelte sich kurz, als es einen Wolkenturm verließ, um gleich wieder in einen anderen einzutauchen.
„Flug 714", kam die Stimme aus dem Kopfhörer. „ATC gibt Ihnen die Erlaubnis, auf 20 000 Fuß zu gehen – Ende."
„714", bestätigte Pete vorschriftsmäßig. „Danke – aus."
„Dann wollen wir mal", sagte der Captain. Das Geräusch der Motoren wurde tiefer und intensiver, als das Flugzeug zu steigen begann. Die Nadel am Variometer, einem Gerät, das die Steiggeschwindigkeit anzeigt, pendelte ein wenig und zeigte dann bald das Steigen der Maschine um 500 Fuß pro Minute. Der langarmige Scheibenwischer pendelte rhythmisch von einer Seite zur anderen.
„Ich hätte nichts dagegen, wenn wir endlich aus diesem verdammten Dreck heraus wären", meinte der Erste Offizier.
Dun antwortete nicht. Seine Augen starrten in die Wolkenfront, die vor ihnen lag. Keiner der Piloten hörte, daß die Stewardeß eintrat. Sie berührte den Captain an der Schulter.
„Captain", sagte sie eindringlich, jedoch mit beherrschter Stimme, „die Frau! Es geht ihr immer noch nicht besser. Und jetzt ist ein zweiter Passagier krank geworden – einer der Männer."

* Luftverkehrskontrolle

Dun wandte sich nicht um. Er streckte einen Arm aus und schaltete die Landescheinwerfer an. Ihr greller Strahl bohrte sich scharf in das Gemisch aus Regen und Schnee. Dann drehte er die Lichter wieder aus und begann die Motoren zu regulieren und die Enteisungsanlage in Betrieb zu setzen.

„Ich kann jetzt momentan nicht kommen, Janet", sagte er und hantierte weiter. „Sie sollten doch schauen, ob nicht ein Arzt unter den Passagieren ist. Und sorgen Sie dafür, daß sich die Leute anschnallen. Es kann ziemlich bockig werden. Ich komme, sobald ich kann."

„Ja, Captain."

Als Janet aus dem Cockpit kam, sagte sie mit einer Stimme, die gerade laut genug war, daß die Passagiere, an denen sie vorüberging, sie hörten: „Bitte schnallen sie sich an. Es wird ein wenig böig werden." Sie beugte sich über die ersten beiden Passagiere zu ihrer Rechten. „Entschuldigen Sie", sagte sie leise, „aber ist einer der Herren zufällig Arzt?"

Der Mann, der ihr am nächsten saß, schüttelte den Kopf. „Tut mir leid, nein", grunzte er. „Ist was nicht in Ordnung?"

„Es ist nichts Besonderes."

Ein Schmerzensschrei ließ sie herumfahren. Sie eilte über den Gang zu dem Platz, auf dem die kranke Frau im Arm ihres Mannes lag. Sie hatte die Augen geschlossen. Janet beugte sich hinab und tupfte ihr den glitzernden Schweiß von der Stirn. Childer starrte sie an. Auf seinem Gesicht lagen jetzt sorgenvolle Falten.

„Was können wir nur machen, Miß? Was ist nur mit ihr los?"

„Warm halten, Sir", sagte Janet. „Ich versuche inzwischen, einen Arzt an Bord ausfindig zu machen."

„Ich dachte auch eben daran, ob vielleicht einer an Bord wäre. Was machen wir aber, wenn keiner da ist?"

„Machen Sie sich keine Gedanken, Sir. Ich komme gleich wieder." Janet sah die Frau prüfend an, dann ging sie weiter und wiederholte mit leiser Stimme ihre Frage nach einem Arzt.
„Ist jemand krank?" wurde sie gefragt.
„Ein wenig", sagte sie. „Das kommt beim Fliegen ja öfters vor. Bitte entschuldigen Sie, daß ich Sie geweckt habe."
Plötzlich klatschte eine Hand auf ihren Arm. Sie gehörte einem der Vier des Whisky-Quartetts, dessen Gesicht gelb und durchscheinend wirkte.
„Entschuldigen Sie, wenn ich Ihnen Arbeit mache, Miß. Aber ich fühle mich, als säße ich in der Hölle. Bitte, haben Sie ein Glas Wasser für mich?"
„Aber selbstverständlich", sagte Janet. „Ich bringe es Ihnen sofort."
„So miserabel war mir noch nie zumute", sagte der Mann. Er lehnte sich zurück und blies die Backen auf, als wäre es sehr heiß. Einer seiner Freunde erwachte, öffnete die Augen und setzte sich aufrecht. „Was ist denn los?" grölte er.
„Irgendwas mit meinen Innereien", versuchte der Kranke zu scherzen. „Es fühlt sich an, als kämen sie gleich allesamt heraus..." Seine Hand fuhr an den Magen, als ihn ein neuer Anfall überkam.
Janet rüttelte Spencer leise an der Schulter. Er öffnete erst ein Auge, dann alle beide. „Es tut mir schrecklich leid, Sir, Sie wecken zu müssen", sagte sie. „Aber ist einer von Ihnen Arzt?"
Spencer begann aufzuwachen. „Ein Arzt? Nein, ich denke nicht, Miß."
Sie nickte und wollte gerade weitergehen, als sie von Spencer zurückgehalten wurde: „Halt, Moment: ich erinnere mich jetzt erst – ja, klar ist einer hier. Der Herr neben mir ist Arzt."

„Gott sei Dank", seufzte die Stewardeß. „Würden Sie ihn bitte wecken, Sir?"
„Sicher." Spencer schaute auf die Gestalt neben sich. „Ist jemand krank, Miß?" fragte er vorsorglich.
„Ja, jemand fühlt sich nicht ganz wohl", meinte Janet.
„Hallo, Doktor, aufwachen!" sagte Spencer eindringlich. Der Doktor schüttelte den Kopf, grunzte und verschluckte sich. „Natürlich kann keine Nacht vergehen, ohne daß ich gerufen werde..."
„Sie sind Arzt, Sir?" fragte Janet begierig.
„Ja, ja, ich bin Dr. Baird. Warum? Was ist los?"
„Wir haben zwei Passagiere an Bord, die ziemlich krank sind. Könnten Sie bitte einmal nach ihnen sehen?"
„Krank? Ja, natürlich."
Spencer erhob sich, um den Arzt an sich vorbeizulassen.
„Wo sind die Leute?" fragte Baird und rieb sich die Augen.
„Ich glaube, Sie sehen am besten zuerst nach der Dame", sagte Janet und ging voran. Dann sprach sie wieder lauter: „Bitte schnallen Sie sich an, meine Herrschaften, es wird ein wenig böig."
Mrs. Childer lag nun soweit ausgestreckt, wie es der Sitz erlaubte. Ihr Körper wurde von Krämpfen geschüttelt. Sie atmete schwer und mit langen, keuchenden Stößen. Ihr Haar war naß von Schweiß.
Baird sah sie einen Augenblick aufmerksam an. Dann bückte er sich und griff nach ihrem Handgelenk.
„Der Herr ist Arzt", sagte Janet beruhigend zu der Kranken.
„Ich bin froh, daß Sie da sind, Doktor", sagte Mr. Childer aufatmend.
Die Frau öffnete die Augen. „Doktor...", stammelte sie und versuchte weiterzusprechen. Aber ihre Lippen zitterten und schlossen sich wieder.
„Bitte entspannen Sie sich", sagte Baird, die Augen auf

den Sekundenzeiger seiner Armbanduhr gerichtet. Er zählte den Puls, ließ ihr Handgelenk los, griff in sein Jackett und nahm einen Augenspiegel heraus. „Machen Sie die Augen weit auf", befahl er sanft und prüfte beide Augen in dem breiten Lichtstrahl des Instruments. „Jetzt – Schmerzen?"
Die Frau nickte mühsam.
„Wo? Hier – oder hier?" Als er ihren Leib berührte, zuckte sie zusammen und schrie auf. Der Arzt steckte den Spiegel zurück und erhob sich. „Ist die Dame Ihre Frau?" fragte er Childer.
„Ja, Doktor."
„Hat sie außer über diese Schmerzen noch über irgend etwas anderes geklagt?"
„Sie war sehr krank und hat alles erbrochen."
„Wann fing es an?"
„Es ist noch nicht lange her." Childer schaute Janet hilflos an. „Es kam ganz plötzlich."
Baird nickte nachdenklich. Er trat beiseite, nahm Janet am Arm und sprach leise, damit die anderen in der Nähe nichts hören konnten, auf sie ein: „Haben Sie ihr etwas gegeben?"
„Nur Aspirin und Wasser", antwortete Janet. „Oh, da fällt mir ein, daß ich dem Mann, der sich ebenfalls nicht wohl fühlt, ein Glas Wasser bringen wollte..."
„Warten Sie einen Moment", flüsterte Baird. Seine Schläfrigkeit war inzwischen völlig verflogen. Er war wach und in seinem Auftreten respekteinflößend. „Wo haben Sie Krankenpflege gelernt?"
Janet errötete über seinen Ton. „Warum? In der Stewardessenschule der Linie natürlich. Aber..."
„So! Es ist aber nicht üblich, jemand Aspirin zu geben, der sich erbricht – Sie machen es damit nur noch schlimmer. In diesem Fall gibt man nur Wasser, sonst nichts."

„Es ... es tut mir leid, Doktor", stammelte Janet.
„Ich glaube, es ist besser, wenn Sie jetzt zum Captain gehen", sagte Baird. „Sagen Sie ihm, er möchte schnellstens landen. Die Frau muß sofort in ein Krankenhaus. Sagen Sie ihm, er soll einen Krankenwagen zum Flugplatz bestellen."
„Wissen Sie, was ihr fehlt, Doktor?"
„Hier kann man keine präzise Diagnose stellen. Aber die Sache ist dringend genug, um auf dem nächsten Platz zu landen, von dem aus ein Krankenhaus erreichbar ist. Sagen Sie das dem Captain."
„Gut, Doktor. Würden Sie bitte so nett sein und auch nach dem anderen kranken Passagier sehen? Er hat dieselben Beschwerden und Schmerzen."
Baird sah sie scharf an. „Dieselben Schmerzen, sagen Sie? Wo ist er?"
Janet führte ihn zu dem kranken Mann. Er saß – von seinem Freund im Nachbarsitz gestützt – vornübergeneigt und würgte. Baird beugte sich herab, um dem Kranken ins Gesicht zu sehen.
„Ich bin Arzt. Würden Sie bitte Ihren Kopf zurücklehnen?" Nach einer kurzen Untersuchung sagte er: „Was haben Sie in den letzten vierundzwanzig Stunden gegessen?"
„Das Übliche", murmelte der Mann. „Zum Frühstück Schinken und Eier ... Zum Mittagessen Salat ... Auf dem Flugplatz ein Sandwich und dann hier das Abendessen." Ein kleiner Speichelfaden lief an seinem Kinn herab. „Diese Schmerzen, Doktor, und meine Augen ..."
„Was ist mit Ihren Augen?" fragte Baird schnell.
„Ich kann nicht deutlich sehen. Ich sehe alles doppelt."
Sein Freund begann, es komisch zu finden: „Der Schnaps hat ihn solide erwischt, Sir", bemerkte er.
„Seien Sie still", sagte Baird. Er erhob sich, um Janet zu suchen, und fand den Captain neben ihr stehen. „Pak-

ken Sie ihn warm ein – legen Sie ihm mehr Decken um", ordnete der Doktor, zu Janet gewandt, an. Der Captain winkte ihm, mit in die Kombüse zu kommen. Nachdem sie allein waren, fragte der Doktor: „Wie schnell können wir landen, Captain?"
„Das ist's ja gerade", sagte Dun kurz. „Wir können nicht."
Baird starrte ihn an. „Warum nicht?"
„Wegen des Wetters. Ich habe gerade über Funk angefragt. Über den ganzen Prärien hier auf dieser Seite der Berge liegen tiefe Wolken und Nebel. Wir müssen zur Küste."
Baird dachte einen Moment nach. „Und wie ist es, wenn wir zurückfliegen?"
Dun schüttelte den Kopf. Sein Gesicht straffte sich im sanften Licht der Glühlampen. „Dazu ist es ebenfalls zu spät. Winnipeg hat wegen Nebel dichtgemacht – unmittelbar, nachdem wir raus waren. Aber ich will versuchen, jetzt ein bißchen schneller voranzukommen."
Baird zog eine Grimasse, wobei er mit den Fingernägeln gegen eine kleine Lampe klopfte. „Wie schnell, glauben Sie, werden wir landen können?"
„Etwa fünf Uhr Pazifik Time", sagte Dun. Als er sah, daß der Doktor unwillkürlich auf seine Armbanduhr blickte, fügte er hinzu: „Das heißt, wir werden in dreieinhalb Stunden landen, Doktor. Dieses Charterflugzeug ist nicht gerade das schnellste der Welt."
Baird faßte einen Entschluß. „Dann muß ich tun, was ich für diese Leute tun kann, bevor wir in Vancouver landen. Ich brauche dazu mein Gepäck. Glauben Sie, man kann es erreichen? Ich gab es in Toronto auf."
„Wir können's versuchen", sagte der Captain. „Ich hoffe, es ist in der Nähe der Luke. Geben Sie mir Ihre Gepäcknummer, Doktor, damit ich's finde."
Bairds schlanke Finger griffen in die Gesäßtasche und

kamen mit der Brieftasche wieder zum Vorschein. Er nahm zwei Gepäckscheine heraus und reichte sie Dun. „Es sind zwei Koffer, Captain. Den kleineren von beiden brauche ich. Es ist nicht viel drin, bloß ein paar Dinge, die ich immer bei mir habe – aber sie würden helfen."
Er hatte noch nicht ganz ausgesprochen, als das Flugzeug plötzlich einen regelrechten Sprung machte, der die beiden Männer an die gegenüberliegende Wand schleuderte. Die Motoren heulten gequält auf. Der Captain war zuerst wieder auf den Beinen und am Bordtelefon. „Hier Captain", sagte er hastig, „was ist los, Pete?"
Die Stimme des Ersten Offiziers war schwach und offenbar schmerzgequält: „Ich ... ich ... bin krank. Komm schnell."
„Am besten kommen Sie gleich mit", sagte Dun zum Doktor. Sie liefen, so schnell es ging, ohne bei den Passagieren Aufmerksamkeit zu erregen, zum Cockpit vor.
„Entschuldigen Sie den Stoß", sagte Dun eilig nach allen Seiten. „Wir durchfliegen nur ein etwas unruhiges Gebiet."
Als sie die Pilotenkabine betraten, war es nur zu offensichtlich, daß der Erste Offizier sehr krank war. Sein Gesicht wirkte im Licht der Instrumentenbeleuchtung wie eine Totenmaske. Er war in den Sitz zurückgefallen und hielt die Hände mit aller Kraft um die Steuersäule verkrampft.
„Nehmen Sie ihn dort weg", befahl der Captain eilig. Baird und Janet, die den beiden Männern gefolgt war, ergriffen den Copiloten und hoben ihn aus seinem Sitz – weg von der Steuerung. Dun war bereits blitzschnell auf seinen Platz geschlüpft und hatte das Steuer übernommen.
„Bringt ihn hinten auf den Sitz, der sonst für den Bordfunker bestimmt ist", sagte er.

Unter krampfartigem Würgen erbrach sich Pete auf den Boden. Dann halfen ihm die beiden auf den Sitz. Baird öffnete Petes Kragen, löste die Krawatte und bemühte sich, es ihm so bequem wie möglich zu machen. Alle paar Sekunden klappte Pete bei den einsetzenden Krämpfen wie ein Taschenmesser zusammen. Immer wieder würgte er.
„Doktor", rief der Captain mit gedämpfter Stimme. „Was um Himmels willen ist hier eigentlich los?"
„Ich bin noch nicht ganz sicher", sagte Baird grimmig, „aber offenbar besteht ein Zusammenhang zwischen all diesen Anfällen. Es *muß* einen Zusammenhang geben! Die einfachste Erklärung wäre es, wenn irgend etwas mit dem Essen nicht gestimmt hätte. Was hat's zum Dinner gegeben?"
„Lammfleisch und Fisch", sagte Janet. „Zur Wahl. Vielleicht erinnern Sie sich, Doktor. Sie hatten..."
„Fleisch", rief Baird. „Wann war das? Es muß etwa zwei bis drei Stunden her sein. Was hat er gegessen?" Er deutete auf den Copiloten.
Janets Gesicht drückte Bestürzung aus: „Fisch", flüsterte sie mit erschrockener Stimme.
„Und können Sie sich daran erinnern, was die beiden anderen Kranken gegessen haben?"
„Nein, ich weiß es nicht mehr."
„Gehen Sie schnell nach hinten und fragen Sie, ja?"
Die Stewardeß hastete hinaus. Ihr Gesicht war blaß.
Baird kniete neben dem Ersten Offizier nieder, der jede Bewegung des Flugzeuges schlaff mitmachte. Seine Augen waren geschlossen. „Versuchen Sie, sich ganz zu entspannen", sagte der Arzt nochmals. „In ein paar Minuten gebe ich Ihnen etwas gegen die Schmerzen." Er nahm eine Decke aus einem Regal. „Sie werden sich etwas besser fühlen, wenn es Ihnen warm ist."
Pete öffnete die Augen einen Spalt und fuhr sich mit der Zunge über die trockenen Lippen. „Sind Sie Arzt?"

fragte er. Baird nickte. Pete versuchte zu lächeln. „Es tut mir leid, Doktor, daß ich Ihnen so viel Mühe mache. Ich dachte wirklich schon, ich kratze ab..."
„Sprechen Sie jetzt nicht", sagte Baird. „Versuchen Sie zu schlafen."
„Sagen Sie dem Captain, er kann sicher sein, daß..."
„Ich sagte: reden Sie nicht! Ruhen Sie sich aus, und Sie werden sich besser fühlen."
Janet kam zurück. „Doktor..." Sie sprach schnell, und man merkte ihr an, welche Mühe es sie kostete, deutlich zu reden. „Ich habe die beiden gefragt. Sie haben Salm gegessen. Und jetzt sind drei weitere Passagiere krank geworden und haben Krämpfe. Können Sie kommen?"
„Natürlich. Aber jetzt muß ich endlich meinen Koffer haben!"
Dun sagte über die Schulter: „Ich kann jetzt hier nicht weg, Doktor. Aber ich werde dafür sorgen, daß Sie ihn gleich bekommen. Janet, nehmen Sie die Gepäcknummern – hier. Bitten Sie einen Passagier, Ihnen zu helfen, und holen Sie den kleineren Koffer vom Doktor aus dem Frachtraum, ja?"
Janet nahm den kleinen Abschnitt an sich. Sie wollte gerade mit dem Arzt sprechen, aber Dun fuhr fort: „Ich versuche jetzt, mit Radio Vancouver Verbindung zu bekommen und zu berichten, was hier los ist. Haben Sie etwas Besonderes mitzuteilen, Doktor?"
„Ja", sagte Baird. „Melden Sie, wir hätten drei sehr ernste Fälle von Fischvergiftung, und es kämen wahrscheinlich noch weitere dazu. Wir wären nicht ganz sicher, aber vermutlich sei der Fisch an Bord serviert worden. Sagen Sie auch, es wäre angebracht, eine allgemeine Warnung durchzugeben für den Fall, daß auch an andere Maschinen verdorbene Lebensmittel ausgegeben wurden. Es steht zwar noch nicht fest, ob es tatsächlich Fischvergiftung ist – aber besser ist besser."

„Ich erinnere mich jetzt", sagte Dun. „Dieses Essen haben wir nicht von der Firma, die gewöhnlich die Luftlinien beliefert. Wir mußten es von einer anderen besorgen, weil wir so große Verspätung hatten, als wir in Winnipeg ankamen."

„Sagen Sie das alles, Captain", meinte Baird. „Es ist genau das, was man dort unten wissen muß."

„Bitte, Doktor", unterbrach ihn Janet flehentlich, „bitte kommen Sie rasch. Es scheint, Mrs. Childer ist völlig zusammengebrochen."

Baird ging zur Tür. Die Falten in seinem Gesicht hatten sich vertieft, aber seine Augen waren kristallklar, als er Janet musterte.

„Sorgen Sie dafür, daß die Passagiere sich nicht beunruhigen", sagte er. „Es liegt jetzt zu einem guten Teil an Ihnen, Miß! Versuchen Sie zuerst, meinen Koffer zu finden. Ich schaue inzwischen nach Mrs. Childer." Er öffnete ihr die Tür, hielt dann aber plötzlich inne.

„Übrigens – was haben Sie eigentlich gegessen?"

„Fleisch", antwortete das junge Mädchen.

„Gott sei Dank." Der Arzt atmete auf. Janet lächelte und wollte gerade gehen, als Bairds Hand sie brutal herumriß: „Ich will hoffen, daß auch der Captain Fleisch gegessen hat?" Er schoß die Frage geradezu auf sie ab.

Sie sah zu ihm auf und versuchte gleichzeitig, sich zu erinnern und die Tragweite seiner Frage zu erfassen. Dann zuckte sie plötzlich zusammen, und die Erkenntnis ließ sie fast gegen den Arzt taumeln. Mit weit aufgerissenen Augen starrte sie ihn an.

01 Uhr 45 - 02 Uhr 20

Bruno Baird blickte die Stewardeß gedankenvoll an. Seine blaugrauen Augen strömten eine gelassene Ruhe aus, doch sein Geist überschlug blitzschnell die Situation und wog mit der Gewohnheit von Jahren eine Möglichkeit gegen die andere ab.
Baird griff nach der Hand des Mädchens. „Schön. Wir wollen unsere Folgerungen nicht überstürzen", sagte er wie zu sich selbst. Dann, energischer: „Sie suchen jetzt meinen Koffer – so schnell Sie können. Und ehe ich nach Mrs. Childer sehe, will ich noch ein Wort mit dem Captain sprechen."
Die Maschine flog nun ruhig und gleichmäßig oberhalb der Schlechtwetterzone. Über die Schulter des Piloten hinweg sah der Arzt den weißen, kalten Mondschein, der die schwere Wolkendecke unter dem Flugzeug in eine scheinbar uferlose Eislandschaft verwandelte. Hier und dort sah es aus, als seien die Wolkenberge wasserumgischtete Eisberge; ein traumhafter Anblick.
„Captain", sagte er, indem er sich über den Copilotensitz vorbeugte. Dun sah sich um. Im Mondlicht wirkte sein Gesicht verzerrt und farblos. „Captain, es muß schnell gehen. Hinten sind ein paar sehr kranke Leute, die dringend Hilfe brauchen."
Dun nickte. „Ja, Doktor. Und?"
„Ich nehme an, Sie haben später gegessen als der Copilot?"
„Ja."

„Um wieviel später?"
Duns Augen wurden schmal. „Etwa eine halbe Stunde, glaube ich. Vielleicht etwas später, aber nicht viel." Die Bedeutung der Frage, die der Arzt gestellt hatte, ging ihm plötzlich auf. Mit einem Ruck setzte er sich aufrecht und schlug mit der Hand gegen die Steuersäule. „Heiliger Himmel – Sie haben recht. Ich habe ja auch Fisch gegessen..."
„Fühlen Sie sich wohl?"
Der Captain nickte. „Ja, völlig in Ordnung."
„Gut." Die Stimme des Doktors klang erleichtert. „Sobald wir meinen Koffer haben, werde ich Ihnen ein Brechmittel geben."
„Sie glauben, das hilft?"
„Das kommt darauf an. Möglich, daß Sie das Zeug noch nicht verdaut haben. Im übrigen ist noch nicht bewiesen, daß es jeden packt, der von dem Fisch gegessen hat. In solchen Dingen kann man selten logisch folgern. Sie könnten der einzige sein, der dieser Krankheit entgeht."
„Das wäre mir auch lieber", murmelte Dun und starrte in das Mondlicht.
„Hören Sie", sagte Baird eindringlich, „gibt es eine Möglichkeit, jederzeit die Kontrolle über das Flugzeug zu behalten?"
„Warum? Ja", sagte Dun, „mit dem Autopiloten, der automatischen Steuerung. Aber der Autopilot bringt uns nicht hinunter..."
„Ich schlage vor, Sie schalten ihn ein, für alle Fälle. Wenn Sie sich krank fühlen, holen Sie mich sofort. Ich weiß nicht, ob ich viel machen kann, aber wenn Sie irgendwelche Symptome fühlen, wird es verdammt schnell gehen."
Die Gelenke an Duns Fingern schimmerten weiß, als er die Steuersäule umklammerte. „Okay", sagte er leise

„Was macht die Stewardeß, Miß Benson?"
„Ihr geht's gut. Sie hat auch Fleisch gegessen."
„Wenigstens ein Trost. Bringen Sie um Himmels willen rasch dieses Brechmittel. Ich kann nichts riskieren. Ich muß dieses Schiff hier fliegen."
„Miß Benson beeilt sich schon. Wahrscheinlich liegen hinten inzwischen zwei Leute bereits in tiefster Ohnmacht. Noch etwas...", sagte Baird, während er den Captain musterte. „Sind Sie absolut sicher, daß es keinerlei Möglichkeit gibt, irgendwo zwischenzulanden?"
„Absolut", bestätigte Dun. „Ich habe alles versucht. Dicke Wolken und Bodennebel bis zur anderen Seite der Berge. Calgary, Edmonton, Lethbridge – jeder Verkehr gesperrt. Das ist üblich, wenn die Bodensicht null Meilen beträgt. Normalerweise würde uns das nichts ausmachen."
„Aber jetzt macht's uns was aus."
Baird wollte gehen, aber Dun rief ihn zurück: „Moment, Doktor. Ich bin für diesen Flug verantwortlich und muß die Lage genau kennen. Sagen Sie offen: Wie stehen die Chancen, daß ich okay bleibe?"
Baird schüttelte ärgerlich den Kopf; einen Augenblick lang verließ ihn die Ruhe. „Ich weiß es nicht", sagte er mitleidlos. „Es gibt für solche Dinge keinerlei Regeln."
Bevor er das Cockpit verlassen konnte, wurde er nochmals aufgehalten: „Doktor..."
„Ja?"
„Ich bin froh, daß Sie an Bord sind."
Ohne ein weiteres Wort ging Baird hinaus. Dun holte tief Luft, als er über all das, was sie gesagt hatten, nachdachte, und er suchte nach einem Ausweg. Es war nicht das erstemal in seiner Fliegerlaufbahn, daß er sich plötzlich einer unvorhergesehenen Situation gegenüberfand. Diesmal aber kam ihm seine Verantwortung für die Sicherheit eines großen, vollbesetzten Flugzeuges

mit annähernd sechzig Leben an Bord schreckhaft zum
Bewußtsein – verbunden mit der plötzlichen, eisigen
Warnung vor einer Katastrophe. Was sollte er tun?
Ältere Piloten, die im Krieg gewesen waren, hatten
immer gemeint: Wenn man das Spiel lange genug
spielt, muß man es schließlich gewinnen...
Wie konnte im Verlauf einer halben Stunde ein normaler, alltäglicher Routineflug mit einer Gesellschaft
glücklicher Fußballfans an Bord, vier Meilen über der
Erdoberfläche, zum Alpdruck werden, zu etwas, das
unter Umständen die Schlagzeilen Hunderter von Ta-
geszeitungen füllen würde...
Er schob die ihm wild durch den Kopf schießenden Gedanken beiseite. Jetzt waren andere Dinge zu tun, die
seine ganze Aufmerksamkeit in Anspruch nahmen. Er
streckte die rechte Hand aus, betätigte die Schaltungen
des Autopiloten und wartete jeweils, bis sich die Steuer
eingespielt hatten und eine aufglimmende Lampe die
nächste Schaltphase erlaubte. Zuerst mußten die Querruder etwas nachgestellt werden, um sie voll unter die
elektrische Kontrolle zu bringen, dann wurden Seiten-
und Höhensteuer eingestellt – bis die Lämpchen oben
am Instrumentenbrett zu flackern aufhörten und gleichmäßig leuchteten.
Endlich war Dun zufrieden und lehnte sich zurück, um
sämtliche Instrumente zu prüfen.
Einem ungeschulten Auge hätte der Führerstand einen
gespenstischen Anblick geboten. Die beiden Steuersäulen bewegten sich, als säßen zwei unsichtbare Männer
in den Pilotensitzen: zurück – vor, zurück. Sie gli-
chen die Böen aus, die das Flugzeug immer wieder
schüttelten. Auch die Seitensteuerpedale bewegten sich
auf geheimnisvolle Weise hin und her. Dutzende von
Nadeln, die über das Instrumentenbrett verstreut und
aus Sicherheitsgründen jeweils doppelt vorhanden

waren, registrierten jene Dinge, die ihnen zugeteilt waren: die Höhe, die Geschwindigkeit, die Drehzahl der Propeller, den Öldruck, Temperaturen und vieles andere.
Alle Instrumente zeigten richtig an, und Dun lehnte sich befriedigt in seinen Sitz zurück. Dann griff er nach dem Mikrophon, das seitlich von seinem Kopf hing, und klemmte sich den leichten Bügel um den Hals. Angriffslustig blies er durch seinen Schnurrbart, der sich aufstellte und fast die Nase berührte.
Jetzt geht's also los, dachte er. – Der Schalter stand auf „Sendung". Dann sprach er ruhig und ohne Hast ins Mikrophon:
„Vancouver Control! Hier ist Maple Leaf Charter Flight 714. Ich habe eine Notmeldung. Ich habe eine Notmeldung. Maple Leaf Charter Flight 714. – Bitte kommen..."
Unverzüglich meldete sich eine krächzende Stimme im Mikrophon: „Maple Leaf Charter Flight 714 – bitte kommen..."
„Vancouver Control", gab Dun zurück, „hier ist Flug 714. Hören Sie, wir haben drei ernste Fälle von Lebensmittelvergiftung an Bord, darunter den Copiloten. Wahrscheinlich auch noch weitere. Wenn wir landen, brauchen wir sofort Ambulanzen und ärztliche Hilfe. Benachrichtigen Sie bitte die Krankenhäuser in der Nähe des Flugplatzes. Es ist noch nicht gewiß, aber wir nehmen an, daß die Vergiftung durch einen im Flugzeug servierten Fisch verursacht wurde. Am besten verhängen Sie sofort eine Sperre über alle aus derselben Quelle kommenden Nahrungsmittel, bis die Ursache endgültig geklärt ist. Wegen unserer verspäteten Ankunft in Winnipeg bekamen wir die Lebensmittel nicht von den regulären Airline-Lieferanten. Bitte prüfen Sie alles nach. Haben Sie verstanden?"

Er lauschte auf die Bestätigung. Seine Augen wanderten über das gefrorene Wolkenmeer unter und vor ihm. „Vancouver Control" klang so steif und unpersönlich wie eh und je. Dennoch konnte Dun recht gut ermessen, daß die aus einfachen Worten gebildete Bombe, die er dort unten an der fernen westlichen Küste explodieren ließ, eine emsige Tätigkeit auslösen würde.

Fast erschöpft beendete Dun seine Durchsage und lehnte sich in den Sitz zurück. Er fühlte sich seltsam schwer und müde, als ob Blei durch seine Glieder flösse. Als seine Augen automatisch über die Instrumente wanderten, schienen diese plötzlich vor ihm zurückzuweichen, bis sie weit, weit weg waren. Dun nahm auf seiner Stirn kalten Schweiß wahr. Er erschauerte in einem plötzlichen, heftigen Krampf. In seinem wachsenden Zorn über die Schwäche seines Körpers in diesem kritischen Moment zwang er sich mit aller Energie dazu, erneut den Flugweg zu überprüfen, die voraussichtliche Ankunftszeit, den erwarteten Seitenwind in den Bergen und den Pistenplan von Vancouver. Er hatte keine Ahnung, ob einige Minuten oder längere Zeit verstrichen waren, als er diese Arbeiten beendete. Er griff nach dem Logbuch, öffnete es und schaute auf die Armbanduhr. Träge und mit quälender Langsamkeit begann sein Gedächtnis die herkulische Aufgabe zu bewältigen und die Zciten der nächtlichen Vorkommnisse zu fixieren.

Hinten in der Kabine breitete Doktor Baird um Mrs. Childer neue, trockene Decken und warf die anderen in den Gang. Die Frau lag hilflos zurückgelehnt mit geschlossenen Augen, halboffenen, zitternden, trockenen Lippen und ächte leise. Der obere Teil ihres Kleides war beschmutzt und feucht. Während Baird sie noch betrachtete, wurde sie von einem neuen Krampf übermannt. Ihre Augen blieben geschlossen.

Baird sprach mit ihrem Mann: „Halten Sie sie warm

und trocknen Sie sie ab. Vor allem muß sie Wärme haben."
Childer packte den Doktor am Handgelenk. „Um Gottes willen, was ist los?" Seine Stimme klang schrill. „Geht es ihr ernsthaft schlecht?"
Baird sah die Frau erneut an. Ihr Atem ging schnell und flach. „Ja", sagte er, „allerdings."
„Können wir denn nichts für sie tun? Geben Sie ihr etwas!"
Baird schüttelte den Kopf. „Sie braucht Mittel, die wir nicht haben. Antibiotika. Wir können jetzt nichts anderes tun, als sie warmhalten."
„Aber doch wenigstens ein bißchen Wasser..."
„Nein, sie könnte daran ersticken. Ihre Frau ist nahezu bewußtlos, Childer. Halt –", fügte er hastig hinzu, als sich der Mann erregt halb aufrichtete. „Es ist das Betäubungsmittel der Natur. Haben Sie keine Angst; sie wird sich schon erholen. Ihre Aufgabe ist es jetzt, sie zu beachten und warmzuhalten. Selbst wenn sie ganz bewußtlos ist, wird sie wahrscheinlich ständig versuchen, aufzustehen. Ich bin gleich zurück."
Baird ging ein paar Schritte weiter zur nächsten Sitzreihe. Hier saß ein Mann mittleren Alters mit zerknittertem Kragen, die Hände über dem Magen verkrampft. Er war halb aus dem Sitz gerutscht, hatte den Kopf zurückgedreht und warf ihn von einer Seite zur anderen. Sein Gesicht glänzte vor Schweiß. Er schaute zum Doktor auf. Seine Lippen waren im Schmerz verzogen. „Es ist mörderisch", murmelte er. „Ich habe mich in meinem ganzen Leben noch nie so miserabel gefühlt."
Baird nahm seinen Bleistift aus der Jackentasche und hielt ihn dem Mann vor die Augen.
„Hören Sie", sagte er, „ich möchte, daß Sie diesen Bleistift nehmen."

Der Mann hob mit Anstrengung den Arm. Unsicher versuchten seine Finger, den Bleistift zu fassen – trafen ihn aber nicht. Bairds Augen verengten sich. Er hob den Kranken in eine bequemere Stellung, nahm eine Decke und legte sie um ihn herum.

„Ich kann mich nicht mehr aufrecht halten", sagte der Mann, „und mein Kopf fühlt sich an, als wäre er in einem Schraubstock."

„Doktor", warf jemand ein, „können Sie bitte hierher kommen?"

„Warten Sie einen Moment", rief Baird zurück, „ich werde jeden, der mich braucht, ansehen."

Die Stewardeß eilte mit einem Lederkoffer in der Hand auf den Arzt zu.

„Braves Mädchen", sagte Baird, „das ist der richtige. Ich kann zwar nicht viel tun..." Seine Stimme wurde unsicher, als er darüber nachdachte, was er unternehmen konnte. „Wo ist die Bordverständigungsanlage?" fragte er dann.

„Ich zeige sie Ihnen", sagte Janet, ging in die Kombüse und nahm das Wandtelefon ab. „Wie geht es Mrs. Childer?" fragte sie dabei.

Baird verzog den Mund. „Sie ist verdammt krank. Und wenn ich mich nicht irre, sind noch andere da, denen es bald genauso schlecht geht."

„Glauben Sie immer noch, daß es sich um eine Fischvergiftung handelt?" fragte Janet, die sehr blaß aussah.

„Ich bin ziemlich sicher. Staphylokokken, die sich auch noch schlimmer auswirken können. Andererseits könnte die Vergiftung auch durch Sylmonella-Bazillen ausgelöst worden sein. Aber wer kann das ohne genaue Untersuchung wirklich sagen?"

„Wollen Sie allen ein Brechmittel geben?"

„Ja. Natürlich nur denen, die schon krank sind. Mehr

kann ich nicht tun. Was wir wahrscheinlich brauchen, sind Antibiotika wie Chloramphenikol. Aber es ist sinnlos, jetzt daran zu denken." Er nahm den Hörer ab. „Ich würde vorschlagen, daß Sie sich so schnell wie möglich nach einer Hilfe umsehen, um hier sauberzumachen. Nehmen Sie genügend Desinfektionsmittel, sofern Sie welche an Bord haben. Und wenn Sie mit den kranken Passagieren sprechen, dann sagen Sie ihnen, daß sie sich mal über den guten Ton hinwegsetzen und die Toilettentür nicht hinter sich zuschließen sollen. Wir wollen keinen da drin haben..."
Er dachte einen Augenblick nach, dann drückte er auf den Knopf der Lautsprecheranlage und sagte: „Meine Damen und Herren, darf ich um Ihre Aufmerksamkeit bitten? Ihre Aufmerksamkeit, bitte", wiederholte er eindringlich. Er hörte, wie die Gespräche abstarben. Übrig blieb nur das gleichmäßige Dröhnen der Motoren.
„Zuerst möchte ich mich Ihnen vorstellen. Mein Name ist Baird, ich bin Arzt. Sie werden sich fragen, was die Krankheit, die einige unserer Mitpassagiere befallen hat, bedeutet. Ich glaube, es ist jetzt Zeit, daß Sie alle erfahren, was geschehen ist und was ich zu tun gedenke. Soweit ich mit den beschränkten Mitteln, die mir zur Verfügung stehen, feststellen konnte, haben wir mehrere Fälle von Lebensmittelvergiftung an Bord. Aber die Bestätigung dafür steht noch aus. Ich glaube, daß sie von dem Fisch herrührt, der zum Dinner gegeben wurde."
Ein aufgeregtes Murmeln entstand nach diesen Worten unter den Passagieren.
„Hören Sie bitte weiter", sagte Baird. „Es ist kein Grund zur Aufregung vorhanden. Ich wiederhole – es gibt keinen Grund zur Aufregung. Die Passagiere, die unter den Anfällen leiden, werden von der Stewardeß

und von mir betreut, und der Captain hat bereits durch
Funk um ärztliche Hilfe nach der Landung gebeten.
Auch wenn Sie zum Dinner Fisch gegessen haben, ist
noch nicht unbedingt gesagt, daß Sie krank werden
müssen. Selten gibt es in solchen Fällen eine allgemein-
gültige Regel, und es ist absolut möglich, daß Sie im-
mun sind. Wie dem auch sei – wir ergreifen einige
Vorsichtsmaßnahmen, und die Stewardeß und ich kommen zu Ihnen allen. Bitte sagen Sie uns unbedingt, ob
Sie Fisch gegessen haben. Wenn ja, dann sagen wir
Ihnen, wie Sie sich selbst helfen können. Wenn Sie sich
jetzt alle wieder beruhigt haben, werden wir sofort beginnen." Baird nahm den Finger vom Mikrophonknopf.
Dann wandte er sich an Janet. „Wir können jetzt nichts
anderes tun, als sofort Erste Hilfe geben."
Janet nickte. „Sie meinen die Tabletten, Doktor?"
„Wir können zweierlei tun. Wir wissen noch nicht
unbedingt, wo die Quelle der Vergiftung liegt, aber es
steht fest, daß es eine rein innere Erkrankung ist. Wir
lassen zunächst jeden, der Fisch gegessen hat, ein paar
Glas Wasser trinken. Natürlich nur diejenigen, die
noch nicht allzu krank sind. Das wird das Gift verdünnen und die Vergiftungserscheinungen mildern. Anschließend werden wir ein Brechmittel geben. Falls nicht
genug Tabletten in meinem Koffer sind, nehmen wir
Salz. Haben Sie genügend an Bord?"
„Ich habe nur ein paar kleine Päckchen, die sonst zum
Essen gereicht werden. Aber wir können sie ja auf-
machen."
„Wir wollen sehen, wie weit die Tabletten reichen. Ich
fange hier hinten damit an, und Sie bringen den Leuten
Wasser, die bereits Krankheitserscheinungen zeigen.
Bringen Sie dem Ersten Offizier auch welches. Sie wer-
den Hilfe brauchen."
Als Baird aus der Küche trat, stieß er fast mit dem

kümmerlichen Lancashire-Mann, genannt Otpot, zusammen.
„Kann ich etwas für Sie tun, Doktor?" Seine Stimme klang jetzt ganz manierlich.
Baird erlaubte sich ein Lächeln. „Danke. Vor allem – was haben Sie zum Dinner gegessen?"
„Fleisch, Gott sei Dank", seufzte Otpot mit Inbrunst.
„Gut. Dann brauchen wir uns momentan nicht den Kopf über Sie zu zerbrechen. Wollen Sie der Stewardeß helfen, Wasser unter den kranken Passagieren zu verteilen? Ich möchte, daß jeder mindestens drei Glas trinkt – wenn möglich, mehr."
Otpot nickte und trat in die Kombüse. Sein Eintritt rief auf Janets Gesicht ein kleines, müdes Lächeln hervor. Unter normalen Umständen konnte ihr Lächeln den Pulsschlag des ganzen Luftlinienpersonals beschleunigen. Jetzt aber erkannte der Lancashire-Mann hinter ihrem Lächeln die langsam aufsteigende Furcht. Er zwinkerte ihr zu.
„Haben Sie keine Angst, Miß. Es wird schon alles wieder in Ordnung kommen."
Janet sah ihn dankbar an. „Ich bin überzeugt davon, danke. Schauen Sie, hier ist der Wasserhahn, und dort sind die Becher, Mr...."
„Meine Freunde nennen mich Otpot", sagte er.
„Otpot?" wiederholte Janet ungläubig.
„Ja, Lancashire-Otpot, wissen Sie."
Janet brach in herzliches Lachen aus.
„So gefallen Sie mir schon besser, Miß", sagte der Lancashire-Mann. „Wo sind die Becher, sagten Sie? Los, fangen wir an. – Das ist eine schöne Luftlinie ... Erst gibt sie ihren Passagieren ein Nachtessen – und dann verlangt sie's wieder zurück!"

Es muß sich schon allerhand ereignen, um das Gleichgewicht eines großen Flughafens zu stören. Panik ist hier etwas Unbekanntes, und sie würde – falls sie wirklich einmal ausbrechen sollte – sofort beseitigt werden, denn sie wäre eine äußerst verderbliche Form der Aktivität.
Als Duns Notruf durchkam, entstand im Kontrollraum von Vancouver eine Atmosphäre gewaltsam unterdrückter Erregung. Vor dem Funkgerät saß ein Mann, der die Meldung Duns direkt in die Schreibmaschine übertrug und sich nur einmal kurz unterbrach, um die Alarmglocke auf seinem Pult zu bedienen. Er arbeitete weiter, als ein zweiter Mann von hinten zu ihm trat, sich über seine Schulter beugte und die Worte las, die auf dem Papier in der Schreibmaschine entstanden. Der Neuankömmling, den die Alarmglocke herbeigerufen hatte, war der Flughafenkontrolleur, ein großer, hagerer Mann, der sein Leben in der Luft verbracht hatte und die Flugbedingungen über der nördlichen Hemisphäre kannte wie seinen eigenen Gemüsegarten.
Kaum hatte er die halbe Botschaft gelesen, so drehte er sich abrupt um und rief dem Telefonisten, der auf der anderen Seite des Raumes saß, einen Befehl zu:
„Geben Sie mir sofort ATC. Dann machen Sie die Fernschreibleitung nach Winnipeg frei. Vordringliche Meldung." Der Kontrolleur nahm den Hörer ab, wartete einige Sekunden und sagte: „Hier ist der Vancouver controller." Seine Stimme war absolut ruhig. „Maple Leaf Charter Flight 714 von Winnipeg nach Vancouver meldet Notfall. Ernsthafte Nahrungsmittelvergiftung bei den Passagieren. Offenbar wirklich ernst. Auch der Copilot ist erkrankt. Es ist angebracht, sämtliche Höhen unter ihnen freizumachen für bevorzugten Anflug und Landung. Können Sie's machen? Gut. Voraussichtliche Ankunftszeit ist 05.05."

Er blickte auf die Wanduhr und sah, daß es 2.15 Uhr war. „Wir halten Sie auf dem laufenden." Er drückte die Telefongabel mit dem Daumen nieder und ließ ihn dort ruhen, während er sich an den Fernschreibmann wandte: „Haben Sie Winnipeg? Gut. Geben Sie diese Meldung durch:
‚Controller Winnipeg. Dringend. Maple Leaf Charter Flight 714 meldet ernste Lebensmittelvergiftung bei den Passagieren. Die Besatzung nimmt an, daß sie durch ein zum Dinner serviertes Essen hervorgerufen wurde. Suchen Sie dringend die Quelle und verhindern Sie jegliche Nahrungsmittelausgabe durch Ihren örtlichen Essen-Service. Die Quelle liegt nicht – ich wiederhole: *nicht* bei den regulären Airline-Lieferanten. Ende.'"
Er drehte sich wieder zum Telefonschaltbrett um. „Geben Sie mir den hiesigen Manager der Maple Leaf Charter. Sein Name ist Burdick. Anschließend will ich die Stadtpolizei haben. Den obersten diensthabenden Offizier."
Er lehnte sich wieder über den Mann, der Duns Meldung aufgenommen hatte, und las nun die Durchsage des Piloten zu Ende.
„Bestätigen Sie das, Crag. Sagen Sie ihnen, daß alle Höhen unter ihnen geräumt werden und daß wir ihnen später die Landeinstruktionen geben. Wir wünschen außerdem laufend weitere Nachrichten über das Befinden der Passagiere."
Im Stockwerk darunter drehte sich ein anderer Telefonist auf seinem Stuhl herum und rief in den Raum: „Was ist auf GRÜN EINS* zwischen hier und Calgary los?"
„Westlich unterwegs: eine North Star der Luftwaffe auf 18 000 Fuß. Hat sich gerade über Penticton gemeldet. Maple Leaf 714..."

* Luftstraßenbezeichnung

„714 hat Schwierigkeiten. Alle Höhen darunter sollen freigemacht werden."
„Die North Star ist weit voraus, und dahinter kommt nichts. Für östliche Richtung steht eine Constellation startbereit."
„Laß sie raus, aber halte allen nach Osten gehenden Verkehr vorläufig auf. Laß die North Star sofort herein, wenn sie ankommt."
Im oberen Stockwerk hatte der Kontrolleur erneut den Telefonhörer abgenommen. Er hielt ihn in einer Hand – die andere fingerte an der Krawatte herum, um den Knoten zu lockern. Gereizt warf er das Stück rote Seide auf den Tisch. „Hallo – Burdick? Hier Controller. Wir haben einen Notruf von einem eurer Flüge, 714 von Toronto nach Winnipeg. Wie? Nein, das Flugzeug ist in Ordnung. Der Erste Offizier und verschiedene Passagiere haben sich eine Lebensmittelvergiftung zugezogen. Ich habe Winnipeg sofort verständigt, damit sie dort die Quelle suchen. Immerhin war's nicht der normale Lieferant. Nein, das ist richtig. Es ist am besten, wenn Sie so schnell wie möglich herüberkommen..."

Wieder drückte er die Telefongabel mit dem Daumen nieder. Er wandte sich an den Telefonisten: „Haben Sie die Polizei? Gut. Geben Sie her. – Hallo, hier ist der Controller von Vancouver Airport. Mit wem spreche ich, bitte? Hören Sie, Inspektor, wir haben einen Notruf von einem Flugzeug. Ein paar Passagiere und eines der Besatzungsmitglieder sind an Lebensmittelvergiftung erkrankt. Wir brauchen dringend Ambulanzen und Ärzte auf dem Flugplatz. Wie? Drei schwere Fälle. Möglicherweise mehr. Seien Sie auf einiges gefaßt. Die Maschine landet gegen 5 Uhr Ortszeit, also in etwa zweieinhalb Stunden. Bitte, alarmieren Sie die Krankenhäuser und die Ambulanzwagen. Können Sie

Begleitung stellen? Gut. Wir rufen Sie an, sobald wir mehr wissen."

Innerhalb von fünf Minuten traf keuchend Harry Burdick ein. Der örtliche Maple-Leaf-Manager war ein korpulenter kleiner Mann mit einem unerschöpflichen Vorrat an Schweiß. Niemand hatte ihn je ohne Schweißbäche gesehen, die ihm über das Gesicht liefen.

Er stand in der Mitte des Raumes, hatte die Jacke über den Arm geworfen, rang nach Atem und wischte sich sein Mondgesicht mit einem großen, blaugepunkteten Taschentuch ab.

"Wo ist die Durchsage?" grunzte er. Seine Augen wanderten flink über das Blatt, das ihm der Funker reichte. "Wie ist das Wetter bei Calgary?" fragte er dann den Kontrolleur. "Es ginge rascher, wenn sie dort landen könnten."

"Nicht gut, fürchte ich. Östlich der Rockies, bis nach Manitoba, ist überall Nebel bis zum Boden herunter. Sie müssen also durch."

Ein Angestellter rief von seinem Telefonapparat herüber: "Der Passagieragent will wissen, wann wir den Verkehr nach Osten einstellen. Er fragt, ob er die Passagiere in der Stadt zurückhalten oder hierher bringen soll."

Burdick schüttelte sorgenvoll den Kopf. "Wo ist die letzte Standortmeldung?" fragte er. Jemand reichte ihm einen Block, und er prüfte aufmerksam die Eintragungen.

Der Kontrolleur wandte sich an den Angestellten. "Die Passagiere sollen in der Stadt bleiben. Wir können hier keine Zuschauer brauchen. Sie sollen sich aber bereithalten. Sobald wir hier fertig sind, geben wir Bescheid."

"Sie sagten, daß ärztliche Hilfe kommt?" fragte Burdick.

„Ja", antwortete der Kontrolleur. „Die Stadtpolizei erledigt das. Sie benachrichtigt bereits die Hospitäler und arrangiert alles Weitere, sobald die Maschine gelandet ist."

Burdick schnippte mit den fetten Wurstfingern. „He – jetzt zu dieser Meldung. Es heißt, der Erste Offizier sei vermutlich auch davon befallen, so daß der Captain die Meldung selbst übermittelt hat. Vergewissern Sie sich. Ich stelle inzwischen fest, ob ein Arzt an Bord ist. Man kann nie wissen. Sagen Sie ihnen, wir haben hier ärztliche Ratschläge bereit, sofern sie gebraucht werden."

Der Kontrolleur nickte und nahm das Standmikrophon vom Radiopult. Bevor er beginnen konnte, rief Burdick noch: „Übrigens – glauben Sie, daß der Captain auch krank wird? Controller... Wer wird dann...?"

Er brach mitten im Satz ab, als sein starrer Blick den seines Gegenübers traf.

„Ich glaube überhaupt nichts", sagte der Kontrolleur. „Ich bete – das ist alles. Lassen Sie uns hoffen, daß diese armen Teufel dort oben ebenfalls beten."

Burdick atmete geräuschvoll aus und suchte in seiner Tasche nach Zigaretten. „Joe", sagte er zum Vermittler am Schaltbrett, „geben Sie mir Dr. Davidson, ja? Sie finden seine Nummer auf der Notliste."

02 Uhr 20 - 02 Uhr 45

Annähernd vier Meilen über der Erde hielt das Flugzeug seinen Kurs.
So weit das Auge reichte, erstreckte sich das wallende Wolkenmeer. Es zog so langsam vorbei, daß es schien, als stünde das Flugzeug still. Es war eine kalte, leere, völlig verlassene Welt – und die silberne Wüste warf den Herzschlag der Maschinen grollend zurück. Normalerweise würden die kraftvollen Pulsschläge der Motoren durch die einsamen Täler der Rocky Mountains schallen. Heute nacht aber war ihr Gedröhn wegen des Bodennebels nicht laut genug, um jene, die dort unten in ihren Gehöften schliefen, zu stören. Hätte wirklich jemand das Flugzeug gehört – er würde es nicht beachtet haben, ja, es wäre keines Gedankens wert gewesen. Oder er hätte sich vielleicht gewünscht, selbst dort oben nach einem fernen Ort zu fliegen und die Aufmerksamkeiten der Besatzung zu genießen, deren erste Aufgabe seine Sicherheit und Bequemlichkeit war. Nicht im Traum hätte er sich vorstellen können, daß in diesem Flugzeug praktisch jeder gern und voller Dankbarkeit mit ihm den Platz getauscht hätte...
Wie ein riesenhaftes Schlinggewächs schlug die Angst in den meisten Passagieren Wurzeln. Vielleicht waren einige darunter, die noch nicht ganz begriffen, was hier vorging. Aber die meisten – und vor allem jene, die das Stöhnen und Ächzen der Kranken hörten, fühlten die schreckliche Gefahr. Die Worte, die der Arzt über die

Bordsprechanlage gesprochen hatte, gaben zu denken. Die Aufregung, die ihnen folgte, war bald abgeflaut und hatte Geflüster und unbehaglichen Gesprächen Platz gemacht, die nur in Bruchstücken laut wurden.
Baird hatte Janet zwei Tabletten gegeben. „Für den Captain", sagte er mit tiefer Stimme. „Sagen Sie ihm, er soll soviel Wasser wie möglich trinken. Wenn er Gift im Körper hat, wird das Wasser es verdünnen. Anschließend soll er die Pillen nehmen. Sie werden Übelkeit verursachen – aber dazu sind sie da."
Als Janet in die Pilotenkabine trat, war Dun gerade dabei, eine Radiodurchsage zu beenden. Er schenkte Janet ein verzerrtes Lächeln. Aber keiner von ihnen konnte den anderen täuschen.
„Hallo, Jan", sagte er. Seine Hände zitterten leicht. „Das kann noch eine nette Reise werden! Vancouver hat gerade nach Einzelheiten gefragt. Ich glaube, was sie gehört haben, wird sie ein wenig aufscheuchen. Wie steht's hinten?"
„Einigermaßen", sagte Janet so unbefangen wie möglich. Dann hielt sie ihm die Tabletten hin: „Der Doktor sagt, Sie sollen möglichst viel Wasser trinken und dann diese Pillen nehmen. Es wird Ihnen danach wahrscheinlich etwas grün werden..."
„Schöne Aussichten", sagte Dun. Er griff tief in die Sitztasche an seiner Seite und zog eine Wasserflasche hervor. „Also schön – dann mal runter damit." Nach einem langen Zug aus der Flasche schluckte er die Pillen und verzog das Gesicht. „Ich habe solche Dinger noch nie nehmen können. Und die hier schmecken einfach scheußlich."
Janet blickte ihn besorgt an, wie er vor dem Instrumentenbrett mit den zitternden Zeigern und Uhren saß, vor den beiden Steuersäulen, die sich unter dem Einfluß des automatischen Piloten ruckartig vorwärts und rückwärts bewegten.

Sie berührte seine Schulter. „Wie fühlen Sie sich jetzt?" fragte sie.
Seine Blässe und die Schweißtropfen auf der Stirn entgingen ihr nicht. Sie redete sich selbst ein, daß es nur eine vorübergehende Überanstrengung sei.
„Ich?" Sein Ton war unnatürlich herzlich. „Ich fühle mich wohl. Wie steht's mit Ihnen? Haben Sie auch schon Pillen geschluckt?"
„Ich brauche keine; ich habe Fleisch gegessen."
„Sie waren klug. Von jetzt an werde ich Vegetarier. Das ist auf jeden Fall sicherer." Er drehte sich im Sitz und schaute zum Ersten Offizier hinüber, der nun am Boden lag, den Kopf auf ein Polster gebettet. „Armer alter Pete", murmelte er. „Ich hoffe, alles geht noch gut!"
„Das hängt von Ihnen ab, nicht wahr, Captain?" sagte Janet mit eindringlicher Stimme. „Je schneller Sie die Maschine nach Vancouver bringen, um so schneller werden Sie ihn und die anderen ins Krankenhaus schaffen können." Sie beugte sich über Pete und zog seine Decke zurecht. Sie gab sich Mühe, die Tränen zurückzuhalten.
Sie tat Dun leid, als er sie ansah. „Sie mögen ihn ganz gern, nicht wahr, Jan?" sagte er.
Ihr blonder Kopf bewegte sich ein wenig. „Ich glaube schon", sagte sie. „Seit er im letzten Monat zur Besatzung kam. Und nun diese ... diese ... schreckliche Sache ..." Sie nahm sich zusammen und sprang auf. „Ich habe noch viel zu tun. Ich muß eine Anzahl Nasen zuhalten, während der Doktor Wasser in die Kehlen schüttet. Es ist kein gerade angenehmes Geschäft ..."
Sie lächelte ihm flüchtig zu und öffnete die Tür zur Passagierkabine. Baird hatte inzwischen die Hälfte der Patienten auf der linken Seite verarztet und sprach gerade mit einem Ehepaar mittleren Alters, das nervös zu ihm aufblickte.

„Doktor", sagte die Frau eindringlich, „diese junge Dame, die Stewardeß – ich sehe sie ständig in die Pilotenkabine gehen. Geht es den Leuten dort gut? Ich meine, wenn die auch krank sind – was wird dann aus uns?" Sie klammerte sich an ihren Mann. „Hector, ich habe Angst! Ich wollte, wir hätten diese Reise nie gemacht."
„Liebste, nimm's nicht so schwer", sagte ihr Mann mit einer Sicherheit, die zweifellos nicht ganz echt war. „Es besteht keine Gefahr. Ich bin sicher! Und bis jetzt ist ja nichts passiert." Mit großen Augen musterte er den Arzt: „Haben die Piloten nicht auch Fisch gegessen?"
„Nicht der ganze Fisch war unbedingt infiziert", antwortete Baird beruhigend. „Außerdem wissen wir noch gar nicht sicher, ob tatsächlich der Fisch die Ursache war. Sie brauchen sich deswegen nicht zu beunruhigen. Wir tun alles für die Besatzung, was möglich ist. Und nun zu Ihnen, Sir. Haben Sie Fisch oder Fleisch gegessen?" Die runden Kulleraugen des Mannes schienen fast aus den Höhlen zu treten. „Fisch", antwortete er gepreßt, „wir haben alle beide Fisch gegessen." Plötzlich wallte Entrüstung in ihm auf. „Es ist eine Schande, daß so etwas überhaupt passieren kann. Das sollte man anzeigen..."
„Ich kann Ihnen versichern, daß das auf jeden Fall geschehen wird – was auch passieren mag", sagte Baird und gab jedem von ihnen eine Tablette, die sie so zimperlich entgegennahmen, als seien sie hochexplosiv. „Man wird Ihnen gleich Wasser bringen. Bitte trinken Sie jeder drei Glas – wenn möglich vier. Anschließend nehmen Sie die Pille. Es wird Ihnen zwar schlecht werden – aber das ist ja der Zweck der Pillen. Machen Sie sich also keine Sorgen. Hier in den Sitztaschen sind die Papiertüten."

Er verließ das Paar, das wie hypnotisiert auf die Pillen starrte. Nach einigen Minuten erreichte der Arzt seinen eigenen leeren Platz neben Spencer.
„Fleisch", sagte Spencer prompt, bevor Baird ihm eine Frage stellen konnte.
„Da haben Sie Glück", sagte der Doktor. „Einer weniger, um den man sich sorgen muß."
„Sie haben's nicht leicht, Doktor", kommentierte Spencer. „Könnten Sie meine Hilfe brauchen?"
„Ich könnte die Hilfe der ganzen Welt brauchen", grollte Baird. „Aber hier kann man nichts machen – außer, Sie würden Miß Benson und dem anderen Burschen mit dem Wasser zur Hand gehen."
„Gut." Spencer senkte die Stimme. „Da hinten scheint es jemandem mächtig schlecht zu gehen."
„Das scheint nicht nur so. Der Teufel soll's holen!" sagte Baird bitter. „Ich habe nichts dabei, das wirklich helfen könnte. Da fliegt man zu einem harmlosen Fußballspiel – wer denkt schon daran, daß ein dutzend Leute unterwegs eine schwere Nahrungsmittelvergiftung bekommen könnten? Ich habe eine Spritze und Morphium bei mir – ich reise nie ohne diese Dinge –, aber hier würde es mehr Unheil anrichten als Gutes tun. Gott weiß, warum ich eine Packung Brechmittelpillen mitnahm. Aber ich glaube, es war gut so. Einige Dramamin wären jetzt nützlicher."
„Wozu sind die gut?"
„Bei dieser Krankheit ist das Gefährlichste die Tatsache, daß die Leute ihre Körperflüssigkeit verlieren. Eine Injektion Dramamin würde dazu beitragen, die Flüssigkeit zu erhalten."
„Das heißt, daß diese Krankheit einen Menschen systematisch austrocknet?"
„Genau."
Spencer rieb sich das Kinn, als er diese Auskunft erhielt.

„Hm", sagte er. „Danken wir Gott für das Lammfleisch! Ich bin noch nicht darauf vorbereitet, meinen Körper ausdörren zu lassen."

Baird blickte ihn finster an. „Vielleicht sehen Sie etwas Komisches an der Situation", sagte er säuerlich. „Was *ich* sehe, ist die völlige Hilflosigkeit diesen kranken Leuten gegenüber, denen es immer schlechter geht."

„Nun knurren Sie mich nicht gleich an", protestierte Spencer. „Ich bin froh, daß wir nicht auch das Fisch-Dinner erwischt haben wie die anderen armen Teufel."

„Na ja, Sie mögen recht haben." Baird fuhr sich mit der Hand über die Augen. „Ich bin schon zu alt für so etwas", murmelte er halb zu sich selbst.

„Was meinen Sie damit?"

„Nichts – nichts."

Spencer stand auf. „Doktor", sagte er. „Sie machen Ihre Sache großartig. Es ist ein Glück für die Leute, daß Sie an Bord sind."

„Schon gut, Junior", gab Baird sarkastisch zurück. „Sie können sich Ihr Verkaufsgespräch sparen. Ich falle nicht auf Ihre Komplimente herein."

Der Jüngere blinzelte ein bißchen. „Gut. Sagen Sie mir, was ich tun kann. Ich habe schön meinen Sitz gewärmt, während Sie hart arbeiten mußten. Sie sind müde."

„Müde? Nein." Baird legte die Hand auf Spencers Arm. „Sorgen Sie sich nicht um mich. Ich wollte Sie auch nicht kränken. Wenn man weiß, was getan werden müßte – es aber nicht tun kann –, dann wird man ein wenig grob."

„Okay", sagte Spencer grinsend. „Ich bin froh, daß ich doch noch zu etwas nützlich bin."

„Ich werde Miß Benson sagen, daß Sie ihr helfen wollen. Wenn aber alles Wasser schon ausgegeben ist, dann bleiben Sie lieber, wo Sie sind. Im Gang spielt sich ohnehin schon viel zuviel Verkehr ab."

„Wie Sie wollen. Ich bin jederzeit bereit, wenn Sie mich brauchen", sagte Spencer und setzte sich wieder. „Aber sagen Sie: Wie ernst ist die Sache eigentlich?"
Baird schaute ihm in die Augen. „Schlimmer, als Sie es sich je wünschen würden", antwortete er kurz.
Er ging zu den Fußballfans, die den Abend mit Whisky begonnen hatten. Das Quartett war nun auf drei zusammengeschmolzen. Einer von ihnen war in Hemdsärmeln und hüllte sich fröstelnd in eine Decke. Seine Gesichtsfarbe war grau.
„Halten Sie ihn warm", sagte Baird. „Hatte er schon was zu trinken?"
„Daß ich nicht lache!" sagte ein Mann hinter ihm, der ein Päckchen Spielkarten mischte. „Er hat sogar allerhand hinter die Binde gekippt, wenn ich mir diese Bemerkung erlauben darf."
„Vor oder nach dem Essen?"
„Beides, glaube ich."
„Das stimmt", bestätigte ein anderer der Gruppe. „Und ich dachte, Harry würde den Schnaps bei sich behalten."
„In diesem Fall war es gut für ihn", sagte Baird. „Tatsächlich hat er damit das Gift verdünnt. Hat jemand von Ihnen noch Schnaps?"
„Meiner ist alle", sagte der Mann mit den Karten.
„Moment", meinte der andere, beugte sich vor und griff nach seiner Gesäßtasche. „Es kann noch was in der Flasche sein. Aber während wir in Toronto warteten, haben wir uns rangehalten..."
„Geben Sie ihm ein paar Schluck", sagte Baird. „Aber vorsichtig! Ihr Freund ist sehr krank."
„Sagen Sie, Doktor", fragte der Mann mit den Karten, „was ist eigentlich los? Sind wir noch fahrplanmäßig?"
„Soviel ich weiß, ja."
„Andy muß einen hohen Preis für das Fußballspiel zahlen, was?"

„Sicher. Wir werden ihn in ein Krankenhaus bringen müssen, sobald wir gelandet sind."

„Armer alter Andy", sagte der Mann mit der Taschenflasche, während er den Deckel aufschraubte. „So oder so – er hat immer Pech. He –", unterbrach er sich, als ihm ein Gedanke kam, „Sie sagten, es geht ihm sehr schlecht. Aber er wird doch wieder?"

„Ich hoffe. Sie würden gut daran tun, etwas auf ihn aufzupassen, wie ich schon sagte. Und geben Sie acht, daß er sich nicht aus den Decken wickelt."

„Komisch, daß Andy das passieren muß. Was macht Otpot, der Lancashire-Bursche? Konnten Sie ihn brauchen?"

„Ja, er hilft uns." – Als Baird wegging, mischte der Mann gedankenvoll das Kartenspiel, das er in der Hand hielt, und wollte von seinem Freund wissen: „Wie findest du unsere Ferienreise?"

Weiter hinten fand Baird Janet besorgt über Mrs. Childer gebeugt. Er hob ein Augenlid der Frau. Sie war bewußtlos.

Ihr Mann fragte sofort: „Wie geht es ihr?"

„Es ist auf jeden Fall besser so, als wenn sie die Schmerzen mit vollem Bewußtsein ertragen müßte", sagte Baird. Er hoffte, daß sein Tonfall überzeugend wirkte. „Wenn der Körper etwas nicht mehr ertragen kann, läßt die Natur den Vorhang herunter."

„Ich habe Angst, Doktor. Ich habe sie noch nie so krank erlebt. Was ist eigentlich eine Fischvergiftung? Wozu führt sie? Ich weiß nur, daß es Fisch war – aber warum?"

Baird zögerte. „Tja", sagte er langsam, „ich glaube, ich muß es Ihnen sagen. Es ist eine sehr ernsthafte Krankheit, die man möglichst frühzeitig behandeln muß. Wir tun hier alles, was im Augenblick in unseren Kräften steht."

„Ich weiß, Doktor, und ich bin Ihnen dankbar dafür. Sie wird doch sicher wieder gesund, nicht wahr? Ich meine..."

„Bestimmt", sagte Baird vorsichtig. „Versuchen Sie, sich nicht aufzuregen. Am Flugplatz stehen Krankenwagen, die Ihre Frau sofort ins Krankenhaus bringen werden. Und dann ist es nur noch eine Frage der Zeit, bis sie wieder ganz gesund ist."

„Mein Gott", sagte Childer mit einem tiefen Atemzug, „es tut gut, das von Ihnen zu hören!" Ja, dachte Baird, – wenn ich den Mumm hätte, ihnen die Wahrheit zu sagen...

„Hören Sie", schlug Childer vor, „können wir nicht abbiegen – Sie verstehen? Ich meine, auf einem nähergelegenen Flugplatz landen?"

„Wir haben auch daran gedacht", antwortete Baird. „Aber wir haben Bodennebel, der eine Landung auf einem anderen Platz höchst gefährlich machen würde. Außerdem sind wir schon über den Rocky Mountains. Am schnellsten bringen wir Ihre Frau in gute Obhut, wenn wir direkt nach Vancouver fliegen." „Aha. – Sie glauben immer noch, es war der Fisch, Doktor?"

„Momentan kann ich noch keine sicheren Schlüsse ziehen. Aber ich nehme es an. Lebensmittelvergiftung kann entweder durch verdorbene Speisen an sich hervorgerufen werden – der medizinische Name dafür ist Staphylokokken-Vergiftung –, oder dadurch, daß während der Zubereitung ein Giftstoff hineingeriet."

„Doktor", fragte ein Passagier, der sich aufgerichtet hatte, um Bairds Worte zu hören, „was glauben Sie, könnte es sein?"

„Ich bin nicht sicher, aber die Symptome, die sich bei den Leuten hier zeigen, erwecken den Verdacht, daß das zweite wahrscheinlicher ist als das erstere. Eine Giftsubstanz..."

„Sie wissen nicht, was es ist?"

„Keine Ahnung. Wir wissen nichts, bevor wir keine exakten Versuche im Labor machen können. Bei den modernen Methoden und besonders bei der Sorgfalt, mit der die Luftlinien die Speisen zubereiten, ist die Möglichkeit, daß etwas Derartiges passiert, nicht größer als eins zu einer Million. Wir hatten einfach Pech. Ich kann Ihnen nur versichern, daß unser heutiges Abendessen nicht vom üblichen Lieferanten stammte. Irgend etwas ist schiefgegangen, weil wir in Winnipeg so spät eintrafen, und so hat uns eine andere Firma beliefert. Das kann – vielleicht – die Ursache sein."
Childer nickte. Er dachte über das Gespräch nach.
Eigenartig, daß sich Leute durch die Worte eines Mediziners beruhigen lassen, überlegte der Arzt seinerseits selbstkritisch. Selbst wenn man als Arzt schlechte Nachrichten bringt, ist die Tatsache, daß sie von ihm kommen, beruhigend: Er ist der Arzt! Er wird also dafür sorgen, daß nichts Schlimmes geschieht! Vielleicht sind wir gar nicht so weit vom Hexenglauben entfernt, dachte Baird. Er spürte leisen Ärger darüber in sich aufsteigen. Immer ist es der Arzt mit seinen „Zauberkräften", der wieder eine Art Aberglauben erweckt. Den größten Teil seines Lebens hatte er, Baird, damit verbracht, zu pflegen, einzurenken, leichter darzustellen, als es wirklich war, schönzutun, Angst zu nehmen und Vertrauen zu erwecken, auf sein Können zu hoffen und auf seine Geschicklichkeit. Dies aber konnte der Augenblick der Wahrheit sein, die letzte, unabänderliche Aufgabe, von der er immer gewußt hatte, daß er ihr eines Tages gegenüberstehen würde.
Baird spürte plötzlich Janet neben sich. Er sah sie fragend an und bemerkte, daß sie unmittelbar vor einem hysterischen Ausbruch stand.
„Zwei weitere Passagiere sind krank geworden – dort hinten."

„Sind Sie sicher, daß es nicht nur an den Pillen liegt?" fragte er zurück.
„Ja, ziemlich sicher."
„Okay. Ich gehe gleich hin. Würden Sie nochmals nach dem Ersten Offizier sehen, Miß Benson? Vielleicht will er noch etwas Wasser haben."
Schnell hatte er die beiden neuen Kranken erreicht und begann seine Untersuchung, bevor Janet zurückkam.
„Doktor", sagte sie, „ich bin schrecklich beunruhigt. Ich glaube, Sie sollten..."
Das Summen in der Bordverständigungsanlage durchschnitt messerscharf ihre Worte. Sie stand wie am Boden angenagelt. Baird war es, der sich zuerst rührte.
„Erschrecken Sie nicht", stieß er hervor. „Schnell!"
Baird raste mit einer ihm selbst fremden Schnelligkeit an den Sesselreihen vorbei und stürzte in die Pilotenkabine. Dort hielt er einen Augenblick inne, während sich Augen und Gehirn bemühten aufzunehmen, was hier geschehen war. Dann begriff er, und eine Stimme in ihm sagte: ‚Du hast recht gehabt. – Jetzt ist es soweit...
Der Captain war in seinem Sitz zusammengesunken. Schweiß bedeckte sein Gesicht und färbte den Kragen der Uniform dunkel. Eine Hand hielt er auf den Magen gepreßt, die andere drückte auf den Bordverständigungsknopf neben sich.
Mit zwei Schritten war der Doktor hinter ihm und beugte sich über die Lehne des Sitzes, wobei er ihn unter den Armen packte.
Dun fluchte mit zusammengebissenen Zähnen vor sich hin.
„Langsam, langsam", sagte Baird. „Wir nehmen Sie wohl am besten hier weg."
„Ich... Was sagten Sie?" Dun keuchte, schloß die Augen und preßte die Worte stoßweise hervor: „Es ist zu

spät... Geben Sie mir was, Doktor... Geben Sie mir schnell was... Ich muß durchhalten... Ich muß uns doch runterbringen... Der Autopilot ist eingeschaltet, aber... Muß uns doch runterbringen... Muß der Control sagen... Muß melden..."

Seine Lippen bewegten sich in verzweifelter Anstrengung. Dann verdrehte er die Augen und wurde bewußtlos. „Schnell, Miß Benson", rief Baird. „Helfen Sie mir, ihn rauszuheben."

Mit Mühe zerrten sie den schweren Körper Duns vom Pilotensitz und legten ihn auf den Boden neben den Copiloten. Eilig zog Baird sein Stethoskop aus der Tasche und untersuchte ihn. In Sekundenschnelle hatte Janet Mäntel und Decken ausgebreitet, und sobald der Doktor fertig war, machte sie für Dun ein Lager zurecht und hüllte ihn ein.

Sie zitterte, als sie sich wieder erhob.

„Können Sie tun, was er verlangte, Doktor? Können Sie ihn wieder zu sich bringen, damit er landen kann?"

Baird steckte seine Instrumente in die Tasche. Er sah nach den Geräten und Schaltern, nach den Steuersäulen, die sich noch immer aus eigener Kraft bewegten. Im Schein des gedämpften Lichts der Instrumente sah er plötzlich viel älter und sehr beunruhigt aus.

„Sie gehören zur Besatzung, Miß Benson, grob gesagt!" Seine Stimme war so hart, daß das Mädchen zusammenfuhr. „Können Sie sich vorstellen, was jetzt passiert...?"

„Ich glaube ja. Ich..." Sie schwankte.

„Sehr gut. Wenn ich all diese Leute nicht schnell – sehr schnell – in ein Krankenhaus bringen kann, bin ich nicht sicher, ob sie zu retten sind."

„Aber das ist doch alles furchtbar..."

„Sie brauchen Stimulanzen, intravenöse Einspritzungen gegen Schocks. Der Captain auch. Er hat zu lange durchgehalten."

„Geht's ihm sehr schlecht?"
„Es wird bald kritisch werden. Das gilt auch für alle anderen."
Janet wisperte kaum hörbar: „Doktor – was sollen wir bloß machen?"
„Eine Frage: Wieviel Passagiere haben wir insgesamt an Bord?"
„Sechsundfünfzig", antwortete Janet.
„Wieviel Fisch-Dinners haben Sie serviert?"
Janet versuchte sich zu erinnern. „Ungefähr fünfzehn, glaube ich. Der größte Teil der Passagiere hat Fleisch gegessen. Einige nahmen gar nichts, weil es schon so spät war."
„Aha."
Baird schaute sie an. Als er wieder sprach, war seine Stimme rauh, ja, fast kriegerisch: „Miß Benson, haben Sie schon mal was von ‚long odds' gehört?"
Janet versuchte zu begreifen: „Long odds? Ja, ich glaube. Aber ich weiß nicht, was es bedeutet."
„Ich will es Ihnen erklären", sagte Baird. „Wir haben nur eine Chance zum Überleben: nämlich dann, wenn sich an Bord dieses Flugzeuges ein Mensch befindet, der erstens nicht nur fähig ist, die Maschine zu landen, sondern obendrein auch keinen Fisch gegessen hat..."
Seine Worte schienen zwischen ihnen zu hängen, während sie sich reglos gegenüberstanden und einander anstarrten.

02 Uhr 45 - 03 Uhr 00

Der Schock, den die Worte des Arztes in Janet hervorgerufen hatten, drang wie durch einen schmerzstillenden Tampon in sie ein. Sie begriff, daß es an der Zeit war, sich auf den Tod vorzubereiten.
Bis zu diesem Augenblick hatte sich ein Teil ihres Bewußtseins beharrlich geweigert zu erfassen, was vorging. Während sie damit beschäftigt gewesen war, die Passagiere zu versorgen und die Kranken zu pflegen, hatte sie geglaubt, daß es ein böser Traum sei, der auf ihr lastete, jene Art Traum, in dem eine alltägliche Szene sich plötzlich in ein entsetzliches Geschehen verwandelt, und zwar durch irgendeinen völlig unerwarteten, aber an sich folgerichtigen Zufall. Eine innere Stimme sagte ihr: gleich wachst du auf, gleich findest du die Bettdecke auf dem Boden, der Wecker wird rasseln, und du mußt aufstehen, um zum Start bereit zu sein...
Dann war der Gedanke an einen Traum plötzlich wie weggewischt, und sie wußte, daß alles tatsächlich geschehen war. Daß es ihr geschehen war, Janet Benson, der netten, einundzwanzigjährigen Blondine, der die Flugzeugbesatzungen mit bewundernden Blicken nachsahen, wenn sie vorüberschritt. Ihre Furcht verließ sie – für einen Augenblick. Sie dachte an ihre Familie und daran, wie es möglich war, daß ihr, Janets, Leben innerhalb weniger Sekunden inmitten von aufkreischendem Metall verlöschen würde, ohne daß jene, die sie zur Welt gebracht hatten, auch nur das geringste fühlten,

weil sie viele tausend Meilen entfernt friedlich schliefen... „Ich habe verstanden, Doktor", sagte sie ruhig.
„Kennen Sie jemanden an Bord, der etwas vom Fliegen versteht?"
Sie sah die Passagierliste durch und wiederholte die ihr nun schon bekannten Namen. „Es ist niemand von unserer Luftlinie dabei", sagte sie. „Vielleicht zufällig jemand von einer anderen. Ich glaube, ich frage am besten herum."
„Ja", sagte Baird langsam. „Aber was immer Sie tun – erschrecken Sie die Passagiere nicht. Denken Sie daran, daß eine Panik entstehen könnte, wenn einige der Leute wissen, daß der Erste Offizier krank ist. Sagen Sie nur, der Captain hätte gefragt, ob sich jemand mit fliegerischer Erfahrung hier befände, der ihm am Funkgerät helfen könnte."
„In Ordnung, Doktor", sagte Janet.
Da Baird offensichtlich noch etwas sagen wollte, zögerte sie.
„Miß Benson – wie ist Ihr Vorname?" fragte er.
„Janet", sagte sie überrascht.
Er nickte. „Janet – ich habe vorhin ein paar Bemerkungen über Ihre Ausbildung gemacht. Es war ungerecht und ist unverzeihlich. Der Kommentar eines dummen alten Mannes, der selbst etwas mehr Erfahrung nötig hätte. Ich wäre froh, wenn ich meine Worte zurücknehmen könnte."
Als sie lächelte, kehrte ein wenig Farbe in ihre Wangen zurück. „Ich hatte es schon vergessen", sagte sie. Dann ging sie auf die Tür zu. Sie war begierig, mit ihrer Frage zu beginnen, um so schnell wie möglich zu erfahren, ob das Schlimmste eintreten würde...
Auf Bairds Gesicht zeichnete sich starke Konzentration ab, als wolle er in seinem Gedächtnis etwas aufspüren, was sich ihm entzog. Finster blickte er auf die an der Ka-

binenwand angebrachten Instruktionen für den Notfall – ohne sie zu sehen.
„Warten Sie", sagte er.
„Ja?" Sie hielt inne, die Hand auf der Türklinke.
Er schnippte mit den Fingern und wandte sich ihr zu: „Ich hab's. Ich weiß jemanden. Er hat mit mir über Flugzeuge gesprochen. Dieser junge Bursche, der neben mir saß, der in Winnipeg im letzten Moment zugestiegen ist."
„Mr. Spencer?"
„Ja. George Spencer. Ich dachte nicht mehr daran, aber ich glaube, er scheint etwas von der Fliegerei zu verstehen. Bringen Sie ihn her. Sagen Sie ihm nur das, was ich gerade erwähnte. Wir wollen vermeiden, daß die übrigen Passagiere die Wahrheit erfahren. Aber fragen Sie die anderen trotzdem – vielleicht findet sich außer ihm jemand."
„Er hat mir gerade seine Hilfe angeboten", sagte Janet. „Er ist von der Vergiftung verschont geblieben."
„Stimmt", sagte Baird. „Ich erinnere mich – wir aßen beide Fleisch. – Holen Sie ihn, Janet."
Nervös ging er in der engen Kabine hin und her, als sie die Tür hinter sich geschlossen hatte. Dann kniete er nieder und fühlte den Puls des Captain, der schlaff und bewußtlos neben dem Ersten Offizier lag. Als sich die Kabinentür öffnete, sprang er auf die Füße und versperrte mit seinem Körper die Sicht.
Spencer stand in der halboffenen Tür und blickte ihn verwirrt an. „Hallo, Doktor", grüßte er, „was ist mit dem Funkgerät?"
„Sind Sie Pilot?" stieß Baird hervor, der sich nicht von der Stelle bewegte.
„Das ist lange her. Im Krieg. Heute würde ich vom Funkverkehr nichts mehr verstehen. Aber wenn der Captain meint, ich könnte..."

„Kommen Sie herein", sagte Baird. Er trat zur Seite und schloß hinter dem jungen Mann sofort die Tür. Spencers Kopf wandte sich nach den beiden leeren Pilotensitzen und den sich selbständig bewegenden Steuern. Dann sah er die beiden Männer, die unter ihren Decken auf dem Fußboden lagen.
„Nein!" keuchte er. „Doch nicht beide...?"
„Doch", sagte Baird kurz, „beide."
Spencer traute seinen Augen nicht. „Aber... du lieber Himmel, Mann...", stotterte er. „Wann ist es geschehen?"
„Der Captain ging vor ein paar Minuten zu Boden", sagte der Arzt. „Beide haben Fisch gegessen."
Spencer streckte eine Hand aus. Er mußte sich stützen und lehnte sich an einen Kabel-Abzweigkasten an der Kabinenwand.
„Hören Sie", sagte Baird eindringlich, „können Sie diese Maschine fliegen und landen?"
„Nein!" Der Schreck verschlug Spencer die Stimme. Dann: „Absolut nicht! Überhaupt nicht!"
„Aber Sie sagten doch gerade, daß Sie im Krieg geflogen sind", wandte Baird ein.
„Das ist zehn Jahre her. Seitdem habe ich kein Flugzeug berührt. Und ich flog auf Jagdflugzeugen, kleinen Spitfires, die etwa ein Achtel der Größe dieses Schiffes haben und auch nur einen Motor. Dieses hier hat vier! Die Flugeigenschaften sind grundverschieden!"
Spencers Finger, die leicht zitterten, durchsuchten nervös die Jacke nach Zigaretten. Er fand eine Packung und schüttelte eine heraus. Baird sah ihm zu, als er sie anzündete.
„Sie könnten es versuchen", drängte er.
Spencer schüttelte ärgerlich den Kopf. „Ich sage Ihnen, diese Idee ist verrückt!" schnauzte er. „Sie wissen nicht, was es bedeutet. Ich wäre momentan nicht fähig, eine

Spitfire zu fliegen, ganz zu schweigen..." Mit der Zigarette wies er auf das verwirrende Instrumentenbrett.
„Ich glaube, Fliegen gehört zu den Dingen, die man nicht verlernt", sagte Baird, der nun ganz nahe an ihn herangetreten war.
„Es ist eine völlig andere Art von Fliegerei. Es ist... es ist, als ob jemand, der vorher nur leichte Sportwagen auf offenen Landstraßen fuhr, einen sechzehnrädrigen Lastwagen in dichtem Verkehr steuern soll!"
„Immerhin ist es doch Fahren", beharrte Baird.
Spencer antwortete nicht. Er sog tief an seiner Zigarette.
Baird zuckte die Achseln und wandte sich ab. „Schön", sagte er. „Hoffen wir, daß es hier noch jemanden gibt, der so ein Ding fliegen kann – nachdem keiner dieser beiden hier dazu in der Lage ist." Er blickte auf die beiden Piloten hinunter.
Die Kabinentür öffnete sich. Janet trat ein. Sie lächelte erst Spencer, dann den Doktor an. Ihre Stimme war ganz flach, als sie sagte: „Es ist niemand sonst da, der ..."
„Da haben wir's", sagte der Arzt.
Er wartete darauf, daß Spencer sprechen würde – aber der jüngere Mann starrte auf die Reihen erleuchteter Zeiger und Schalter.
„Mister Spencer", sagte Baird, die Worte genau abwägend, „ich verstehe nichts vom Fliegen. Ich weiß nur Folgendes: Hier, in diesem Flugzeug, befinden sich einige Menschen, die – wenn sie nicht bald in ein Krankenhaus kommen – in einigen Stunden sterben. Von all denen, die körperlich noch bei Kräften sind, sind Sie der einzige, der fähig ist, dieses Flugzeug zu fliegen. Sie sind der einzige", wiederholte er, „der dazu imstande ist."
Er schwieg einen Augenblick. „Was schlagen Sie vor, Mr. Spencer?"
Spencer schaute das Mädchen an, dann den Arzt. „Sind

Sie ganz sicher", fragte er gedehnt, „daß es keine Möglichkeit gibt, einen der Piloten rechtzeitig zu sich zu bringen?"

„Ich fürchte, nein. Selbst wenn ich die beiden schnell ins Krankenhaus bringen kann, bin ich nicht sicher, ob ihr Leben noch zu retten ist."

Der junge Lastwagenverkäufer stieß eine Lunge voll Rauch von sich. Dann trat er den Rest seiner Zigarette unter dem Absatz aus.

„Es scheint, als hätte ich keine andere Wahl, was?" sagte er. „Richtig. Nehmen Sie an, Sie täten jetzt nichts. Was würde geschehen, wenn das Benzin ausginge – und wir womöglich schon über das Ziel hinaus und halb über dem Pazifik wären...?"

„Machen Sie keine Scherze. Es gibt wohl doch noch eine andere Möglichkeit."

Spencer trat an die Steuer und blickte aus dem Fenster, über den weißen Wolkensee hinweg, der unter ihnen im Mondlicht schimmerte.

„Gut", fuhr er fort, „ich bin besiegt. Doktor – Sie haben einen neuen Chauffeur gefunden..."

Er schlüpfte auf den linken Pilotensitz und sah über die Schulter hinweg auf die beiden, die hinter ihm standen: „Wenn Sie einen guten Pfarrer wissen, Doktor, dann orientieren Sie ihn am besten gleich, daß es bald Arbeit für ihn gibt..."

Baird trat zu Spencer und legte ihm die Hand auf die Schulter. „Guter Junge...", sagte er warm.

„Was werden Sie den Leuten sagen?" fragte Spencer, während seine Augen über die vielen Instrumente wanderten. Er marterte sein Gedächtnis, um sich Einzelheiten aus dem Flugunterricht zurückzurufen, der ihm jetzt in einer fernen Vergangenheit zu liegen schien.

„Momentan gar nichts", sagte der Doktor.

„Sehr weise", sagte Spencer trocken.

Er studierte die Anordnung der Instrumente, die ihm völlig verworren vorkam. „Lassen Sie mich diesen Schlamassel erst einmal anschauen. Die Flugüberwachungsinstrumente mußten immer genau vor dem Piloten sein. Das heißt, daß das mittlere Instrumentenbrett vermutlich nur für die Motoren da ist. Aha – da haben wir's schon: Höhe 20 000 Fuß. Horizontalflug. Kurs 290 Grad. Auf automatischen Piloten geschaltet – wofür wir Gott danken sollten. Geschwindigkeit 210 Knoten. Gashebel – Propeller – Trimmung – Gemisch – Fahrwerkkontrolle. Landeklappen?
Irgendwo sollte dafür ein Anzeigegerät sein... Aha, da ist es. Gut – das ist das Wichtigste – hoffe ich. Wir würden für die Landung eine Checkliste brauchen. Aber das können wir auch über Funk erhalten."
„Können Sie's machen?"
„Keine Ahnung, Doktor. Ich weiß wirklich nicht. In meinem ganzen Leben habe ich noch keinen solchen Instrumentenwirrwarr gesehen. Wo sind wir eigentlich – und wohin fliegen wir?"
„Nach dem, was mir der Captain sagte, sind wir über den Rocky Mountains", erklärte Baird. „Er konnte nicht vom Kurs abgehen, weil überall Nebel war – deshalb fliegen wir geradeaus bis nach Vancouver."
Spencer sah den Arzt mit schwachem Lächeln an. „Wo ist das Funkgerät?"
Janet deutete auf den Schaltkasten, der über Spencers Kopf hing. „Soviel ich weiß, haben sie immer dies Ding genommen, um mit den Bodenstationen zu sprechen", sagte sie. „Aber ich habe keine Ahnung, welchen Schalter man bedienen muß."
„Aha. Schauen wir's einmal an." Er hantierte an dem Kasten herum. „Dies sind die Frequenzwähler – wir lassen sie besser so, wie sie gerade stehen. Und was ist dies? – Der Sender..." Er schaltete einen Hebel um,

eine kleine rote Lampe glühte auf. „Das wär's. Eins zu Null für George... Jetzt sind wir also bereit fürs Geschäft..." Janet gab ihm den Kopfhörer mit dem daran befestigten Bogenmikrophon. „Sie drücken immer auf den Knopf am Steuerrad, wenn sie sprechen", sagte sie.
Spencer rückte die Kopfhörer zurecht und sagte zu Baird: „Wissen Sie – was auch geschehen mag –, ich werde hier vorn ein zweites Paar Hände brauchen. Sie haben Ihre Patienten, nach denen Sie sehen müssen. Also wählen wir am besten diese Miß Kanada hier. Was meinen Sie?"
Baird nickte. „Ist mir recht. In Ordnung, Janet?"
„Ich denke schon – aber ich verstehe überhaupt nichts von all diesen Dingen." Hilflos glitten Janets Augen über die vielen Instrumente.
„Gut", sagte Spencer, „das macht also zwei, die keine Ahnung haben. Setzen Sie sich hin und machen Sie sich's bequem. Am besten schnallen Sie sich an. – Sie müssen doch die Piloten oft beobachtet haben. Es ist so viel neuer Kram dazugekommen seit meiner Fliegerzeit..."
Janet ließ sich im rechten Pilotensitz nieder, ängstlich darauf bedacht, keines der Steuer zu berühren, die sich nach wie vor gespenstisch bewegten.
Es klopfte an die Kabinentür.
„Das ist für mich", sagte Baird. „Ich muß gehen. Viel Glück!"
Er verließ rasch die Kabine.
Als Spencer mit der Stewardeß allein war, fragte er: „Okay?"
Sie nickte stumm, damit beschäftigt, einen Kopfhörer umzulegen.
„Sie heißen Janet, nicht wahr? Mein Name ist George." Spencers Ton wurde ernst. „Ich mache keinen Unsinn, Janet. Das wird eine höllische Angelegenheit!"
„Ich weiß."

„Schön. Probieren wir also, ob ich es fertig bringe, einen Notruf zu senden. Wie ist unsere Flugnummer?"
„Siebenhundertvierzehn."
„Okay. Jetzt geht's los!" Er drückte auf den Mikrophonknopf. „Mayday... mayday... mayday..."* Er sagte es mit gleichmäßiger Stimme. Es war ein Signal, das er nie vergessen würde. Schon einmal, es war an einem düsteren Oktobernachmittag vor der französischen Küste gewesen, hatte er diesen Notruf ausgesandt, als das Leitwerk seiner Spitfire zerschossen worden war. Wie ein Paar besorgter alter Tanten hatten ihn zwei Hurricanes über den Kanal geleitet...
„Mayday... mayday... mayday...", wiederholte er. „Hier ist Flug 714 Maple Leaf Air Charter in Not. Melden Sie sich – bitte kommen."
Spencer hielt den Atem an, denn sofort kam eine Stimme durch den Äther zu ihm:
„Hallo – 714! Hier ist Vancouver. Wir haben darauf gewartet, von Ihnen zu hören. – Vancouver an alle Flugzeuge: Diese Frequenz ist ab sofort für jeden sonstigen Verkehr gesperrt! – Sprechen Sie weiter, 714."
„Danke, Vancouver. 714. Wir sind in Not. Beide Piloten und verschiedene Passagiere... Wie viele Passagiere, Janet?"
„Vor ein paar Minuten waren es fünf. Inzwischen können es ein paar mehr sein."
„Ich korrigiere", sagte Spencer ins Mikrophon, „mindestens fünf Passagiere haben Fischvergiftung. Beide Piloten sind bewußtlos, und es steht ziemlich schlecht mit ihnen. Wir haben einen Arzt an Bord. Er sagt, keiner der Piloten wird mehr fähig sein, die Maschine zu fliegen. Wenn die beiden und die anderen Kranken nicht sofort ins Hospital kämen, wären sie wahrschein-

---
* Fliegerischer Notruf, von dem Französischen m'aidez, helfen Sie mir, abgeleitet.

lich nicht mehr zu retten. Haben Sie verstanden, Vancouver?"
Sofort krächzte die Stimme: „Weiter, 714. Ich höre Sie."
Spencer holte tief Luft. „Nun kommen wir zum interessantesten Teil", sagte er. „Mein Name ist Spencer, George Spencer. Ich bin Passagier in dieser Maschine. Korrektur: ich war Passagier. Zur Zeit bin ich der Pilot. Um Sie zu orientieren: ich habe ungefähr tausend Flugstunden – alle auf einmotorigen Jägern. Aber ich habe seit ungefähr zehn Jahren kein Flugzeug mehr geflogen. Am besten wär's, Sie würden jemand an den Apparat rufen, der mir Instruktionen gibt, wie man dies Ding hier fliegen muß. Unsere Höhe ist 20000 Fuß. Kurs 290 Grad, Geschwindigkeit 210 Knoten. Das wär's. Nun liegt es bei Ihnen, Vancouver. – Bitte kommen..."
„Vancouver an 714. Bitte warten Sie."
Spencer wischte sich den ausbrechenden Schweiß von der Stirn und grinste Janet an: „Wetten, daß es da unten in dem Taubenschlag einen Wirbel gibt?"
Sie schüttelte, intensiv in die Hörer hineinlauschend, den Kopf. Es dauerte nur wenige Sekunden, bis sich der Äther wieder belebte. Die krächzende Stimme war gemessen und unpersönlich wie eh und je.
„Vancouver an Flug 714. Bitte lassen Sie den Arzt an Bord prüfen, ob keine Möglichkeit besteht, wenigstens einen Piloten zu sich zu bringen. Es ist sehr wichtig. Wiederhole – es ist sehr wichtig! Bitten Sie ihn, alles Menschenmögliche zu tun, um einen der beiden wieder zu sich zu bringen – selbst wenn er damit die anderen kranken Passagiere im Stich lassen müßte. – Bitte kommen."
Spencer drückte auf den Sendeknopf: „Vancouver, hier ist Flug 714. Ich habe Ihre Meldung verstanden – aber es ist undurchführbar, fürchte ich. Der Doktor sagt, es besteht keine Aussicht, daß einer der Piloten wieder soweit zu sich kommt, daß er landen kann. Er sagt, die

beiden seien jetzt in der Krise und würden sterben, wenn sie nicht bald in eine Klinik eingeliefert werden. – Bitte kommen."
Jetzt entstand eine kleine Pause. Dann: „Vancouver Control an 714. Ihre Meldung verstanden. Bitte warten Sie."
„Verstanden, Vancouver", bestätigte Spencer und ließ den Sendeknopf los.
„Jetzt können wir nichts anderes tun als warten", sagte er zu Janet, „während die da unten nachdenken, was sie machen sollen."
Nervös spielten seine Hände mit dem Steuer, sacht seinen Bewegungen folgend. Er versuchte, sich seine fliegerische Erfahrung in Erinnerung zu rufen, die ihm damals in seiner Einheit einen ganz guten Ruf eingebracht hatte. Dreimal war er mit zerschossener Maschine – und mit einem Gebet – heimgekommen. Als er sich diese Zeit wieder ins Gedächtnis rief, lächelte er unwillkürlich. Aber im nächsten Moment schon starrte er ernüchtert auf die Unzahl sich bewegender Zeiger, unbekannter Anzeigegeräte und Schalter. Er fühlte sich von eisiger Verzweiflung gepackt. Was hatte seine einfache Fliegerei damit zu tun? Ihm war, als säße er in einem U-Boot, umgeben von ungezählten Anzeigegeräten und Instrumenten – wie in einem Zukunftsroman. Eine falsche oder ungenaue Bewegung konnte das Flugzeug innerhalb von einer Sekunde aus dem Gleichgewicht bringen. Wer konnte ihm – wenn das einträte – sagen, wie er die Maschine wieder in die Hand bekäme? Alles sprach dafür, daß er es nicht könnte... Diesmal waren auch keine Hurricanes in der Nähe, die ihn nach Hause begleiteten.
Spencer verfluchte das Hauptbüro, das ihn in diesen Schlamassel hineingetrieben hatte. Die Aussicht auf den Posten des Verkaufsdirektors und auf ein Haus an den

Parkway Hights erschien ihm jetzt absurd und gänzlich unwichtig. Sollte es so ein Ende nehmen? Er könnte Mary nicht mehr sehen. Er könnte ihr auch nicht mehr die vielen unausgesprochenen Dinge sagen... Dasselbe galt für Bobsie und Kit. Die Lebensversicherung würde nicht weit reichen. Er hätte mehr für die armen Kinder tun sollen – für die besten Kinder der Welt...
Eine Bewegung an seiner Seite unterbrach ihn in seinen Gedanken. Janet kniete auf dem Sitz und schaute nach hinten, wo Captain und Copilot still auf dem Boden lagen.
„Ist einer davon Ihr Freund?" fragte er.
„Nein", sagte Janet zögernd, „eigentlich nicht..."
„Reden wir nicht davon", sagte Spencer mit einem Würgen in der Stimme. „Ich versteh' schon. Tut mir leid, Janet." Er steckte sich eine Zigarette zwischen die Lippen und suchte nach Streichhölzern. „Ich glaube, das Rauchen ist hier verboten – aber vielleicht sieht die Luftlinie gütigerweise einmal drüber hinweg."
Im schwachen Schein des Streichholzes sah Janet in seinen Augen Ärger aufglimmen...

03 Uhr 00 - 03 Uhr 25

Mit anschwellendem Motorenlärm startete in Vancouver die letzte nach Osten fliegende Maschine in dieser Nacht. Sie raste mit wachsender Geschwindigkeit über den nassen, schimmernden Beton der Startbahn und stieg hinauf in die Dunkelheit. Die Positionslichter des Flugzeugs verschwanden im Nebel, als es den ihm vorgeschriebenen Kreis um den Flugplatz beschrieb. Einige andere Flugzeuge, die zurückgehalten worden waren, standen, mit Feuchtigkeit überzogen, längs des Abfertigungsgebäudes nebeneinander. Das Pistenpersonal verrichtete in gelbem Licht seine Arbeit. Die Männer schlugen die behandschuhten Hände um ihre Körper, um sich warm zu halten. Keiner von ihnen sprach mehr, als unbedingt nötig war.
Langsam rollte ein Flugzeug näher, stoppte und schaltete auf ein Zeichen des mit den Winkern vor ihm stehenden Mannes die Motoren ab.
Das Zischen der Propeller wirkte in der plötzlich eingetretenen Stille aufdringlich. In Vancouver schien alles nach dem eingespielten Schema zu verlaufen, und dennoch bereitete man sich auf den zu erwartenden Notfall vor.
Im hell erleuchteten Kontrollraum herrschte gespannte Konzentration. Der Kontrolleur legte den Telefonhörer auf die Gabel, zündete sich eine Zigarette an und hüllte sich in blaue Rauchschwaden, während er die Landkarte studierte.

Dann drehte er sich zu Burdick um. Der Manager der Maple Leaf Airline saß auf einer Tischecke und beendete gerade die Lektüre einer Meldung, die er in der Hand hielt.

„... richtig, Harry", sagte der Kontrolleur. Sein Tonfall war so, als spreche er zu sich selbst und nicht, um die anderen zu informieren. „Von jetzt an sperre ich alle Starts nach Osten. Wir haben fast noch eine Stunde Zeit, in der wir die Maschinen nach den anderen Richtungen rauslassen können. Anschließend müssen alle planmäßigen Abflüge warten, bis ... bis nachher."

Das Telefon klingelte. Er nahm den Hörer ab: „Ja? – Aha. Benachrichtigen Sie alle Stationen und Flugzeuge, daß wir nur noch die während der nächsten 45 Minuten hereinkommenden Maschinen annehmen können. Leiten Sie alles um, was später ankommt. Jeder Verkehr muß von der Ost-West-Linie zwischen Calgary und hier ferngehalten werden. Haben Sie das? Gut."

Er warf den Hörer auf die Gabel und wandte sich an einen Assistenten, der ebenfalls vor einem Telefon saß. „Haben Sie den Chef der Feuerwehr geweckt? Rufen Sie bei ihm zu Hause an und sagen Sie ihm, er soll zu uns herauskommen. Es riecht nach einem großen Schauspiel. Und bitten Sie den diensthabenden Feuerwehroffizier, die Stadtfeuerwehr zu benachrichtigen. Die wird wahrscheinlich rechtzeitig genügend Geräte hierher bringen wollen."

„Das habe ich schon gemacht. – Vancouver Control hier", sprach der Mann in sein Telefon. Dann: „Moment, bitte." Er deckte die Hand über die Sprechmuschel. „Soll ich auch die Luftwaffe alarmieren?"

„Ja. Man soll die Zone von allen Flugzeugen freihalten."

Burdick sprang vom Tisch. „Das ist eine Idee", sagte er.

Unter seinen Achseln hatten sich große Schweißflecken gebildet.

„Habt ihr Piloten auf dem Flugplatz?" fragte ihn der Kontrolleur.

Burdick schüttelte den Kopf. „Keinen einzigen. Wir müssen Hilfe organisieren."

Der Kontrolleur dachte fieberhaft nach. „Versuchen Sie es bei Cross-Canada. Die haben meistens Leute hier. Erklären Sie die Situation. Wir brauchen einen Mann, der große Erfahrung mit diesem Flugzeugtyp hat und fähig ist, durch Funk genaue Anweisungen zu geben."

„Glauben Sie, daß wir dort eine Chance haben?"

„Keine Ahnung. Aber wir müssen's versuchen. Oder können Sie etwas anderes vorschlagen?"

„Nein", sagte Burdick, „kann ich nicht. Aber beneide ihn nicht um die Arbeit..."

„Die Stadtpolizei ist wieder da", rief der Telefonist, „wollen Sie sprechen?"

„Geben Sie her", sagte der Kontrolleur.

„Ich gehe inzwischen zu den Cross-Canada-Leuten", sagte Burdick. „Ich muß auch Montreal anrufen und dem Chef sagen, was los ist."

„Benützen Sie die Hauptleitung", sagte der Kontrolleur „Diese ist blockiert." Er nahm den Hörer ab, während Burdick aus dem Raum eilte. „Hier spricht der Kontrolleur. Ah – Inspektor – ich bin froh, daß Sie's sind. Ja... Ja... Das ist gut. Hören Sie, Inspektor, wir sind in einer verdammten Situation. Viel schlimmer, als wir dachten. Erstens wollen wir bei Ihnen anfragen, ob eines Ihrer Autos einen Piloten aus der Stadt holen und so schnell wie möglich herausbringen kann. Ja – ich lasse es Sie wissen. Zweitens besteht – außer der Notwendigkeit, die Passagiere sofort ins Krankenhaus zu bringen – die große Wahrscheinlichkeit, daß das Flugzeug eine Bruchlandung machen wird. Ich kann es jetzt nicht näher

erklären – aber wenn die Maschine ankommt, wird sie nicht gerade unter guter Führung stehen..." Er lauschte einen Moment auf die Stimme an der anderen Seite der Leitung. „Ja", fuhr er dann fort, „wir haben eben veranlaßt, daß Generalalarm gegeben wird. Die Feuerwehr wird alle Geräte bereitstellen, um zu helfen. Das Teuflische ist, daß die Häuser in der Nähe des Flugplatzes gefährdet sein können..." Er horchte wieder. „Schön."
Ich bin froh, daß Sie es erwähnen. Ich weiß schon, es ist eine verdammt peinliche Sache, die Leute mitten in der Nacht zu wecken. Aber wir riskieren ja auch so schon genug. Ich kann absolut nicht dafür garantieren, daß die Maschine auf dem Flugplatz herunterkommt. Sie kann ebensogut zu kurz kommen oder drüber hinausschießen. Das ist, zusammengefaßt, etwa das, was geschehen kann. Wir haben Glück, daß nur die Häuser nach der Sea-Island-Brücke zu gefährdet sind. Man kann die Leute doch auffordern, sich bereit zu halten, nicht wahr?"
Wieder lauschte er einen Moment. „Ja. Wir werden die Maschine von der Stadt fernhalten. Wie? Nein, das kann ich jetzt noch nicht sagen. Wir werden wahrscheinlich versuchen, sie vom östlichen Ende der Hauptrollbahn aus hereinzubringen." Nochmals eine Pause, diesmal länger. „Danke, Inspektor. Ich denke natürlich daran, und ich würde es nicht verlangen, wenn ich es nicht für einen wirklichen Notfall hielte. Ich bleibe mit Ihnen in Verbindung." Der Kontrolleur legte den Hörer auf. Sein Gesicht war sorgenvoll. Er wandte sich an den Mann am Funksprechgerät: „Ist 714 noch da?" Der Mann nickte. „Das wird eine saubere Nacht geben...", bemerkte der Kontrolleur über den ganzen Raum hinweg.
Er zog ein Taschentuch heraus und wischte sich über das Gesicht. „Der Chef der Feuerwehr ist unterwegs", sagte der Assistent. „Ich habe gerade die Air Force am Apparat. Sie fragen, ob sie helfen können."

„Wir werden ihnen Bescheid geben, aber ich glaube nicht. Danken Sie ihnen." Wieder studierte er die Landkarte an der Wand. Er steckte das Taschentuch ein. Geistesabwesend suchten seine Finger eine leere Zigarettenpackung. Dann warf er sie achtlos auf den Boden. „Hat jemand von euch was zu rauchen?"
„Hier, Sir."
Er nahm eine Zigarette und zündete sie an. „Schicken Sie jemanden nach unten, der für uns alle Kaffee organisiert. Wir werden ihn brauchen können."
Laut schnaufend kam Burdick zurück. „Cross-Canada sagt, daß ihr bester Mann, Captain Treleaven, gerufen würde. Er ist zu Hause im Bett, glaube ich."
„Ich habe schon für einen Polizeiwagen gesorgt."
„Sie werden selbst dafür sorgen. Ich habe gesagt, daß wir ihn sofort brauchen. Kennen Sie Treleaven?"
„Ich habe ihn schon gesehen. Er ist ein feiner Kerl. Wir können froh sein, daß er erreichbar ist."
„Hoffen wir's", grunzte Burdick. „Wir können ihn dringend brauchen."
„Was ist mit Ihrem hohen Tier?"
„Ich habe meinen Präsidenten angerufen – Gott steh mir bei!"
Der Telefonist fuhr dazwischen: „Ich habe Seattle und Calgary hier, Sir. Sie wollen wissen, ob wir die Meldungen von 714 einwandfrei empfangen haben."
„Sagen Sie ihnen, ja", antwortete der Kontrolleur. „Wir bleiben selbst in Verbindung mit der Maschine. Aber es wäre gut, wenn sie mithören würden... für den Fall, daß irgendwelche Empfangsstörungen auftreten."
„Allright, Sir."
Der Kontrolleur ging zum Funkgerät und nahm das Standmikrophon zur Hand. Er nickte dem Abfertigungsbeamten zu, der den Schalter auf „Sendung" stellte.
„Vancouver Control an Flug 714", rief er.

Spencers Stimme wurde, als er antwortete, durch einen hoch in der Ecke des Raumes hängenden Lautsprecher verstärkt. Seit seinem Mayday-Ruf wurden alle Durchsagen durch diesen Lautsprecher mit übertragen. „714 an Vancouver. Ich dachte schon, wir seien verloren..."
„Vancouver an 714. Hier spricht der Kontrolleur. Wir sind dabei, Hilfe zu holen. Wir rufen Sie bald wieder an. Verändern Sie in der Zwischenzeit nichts an der automatischen Steuerung. Haben Sie alles verstanden? Bitte kommen."
Die Schroffheit in Spencers Stimme, die scharf wie ein Messer erschien, war durch eine Störung hervorgerufen: „714 an Vancouver. Ich dachte, ich hätte es Ihnen gesagt. Ich habe in meinem Leben noch keinen solchen Job gehabt wie diesen. Ich werde mich hüten zu probieren, wie es sich mit den verfluchten Narrentricks dieses Autopiloten spielt. Bitte kommen."
Der Kontrolleur machte den Mund auf, als wollte er etwas sagen. Aber dann änderte er seine Absicht. Er beendete das Gespräch und sagte zu seinem Assistenten: „Sagen Sie dem Empfangsbüro, es soll Treleaven so schnell wie möglich heraufschicken, wenn er eintrifft."
„Gut, Sir. – Der diensttuende Feuerwehroffizier rief gerade an", sagte der Assistent. „Er hat alle Landebahnfahrzeuge und Löschwagen für die Ankunft der 714 bereit. Die Stadtfeuerwehr bringt alle verfügbaren Geräte in die Nähe."
„Ausgezeichnet. Wenn der Chef der Feuerwehr hier ist, möchte ich mit ihm sprechen. Wenn wir die Maschine überhaupt herunterbringen, dürfte sie kaum noch aus einem Stück bestehen..."
Burdick sagte nachdenklich: „Mit der Polizei wird ja vermutlich auch die Presse erscheinen." Er tupfte sich mit dem fetten Zeigefinger gegen die Zähne, als er daran dachte.

„Das ist das Schlimmste, was der Maple Leaf je passiert ist", fuhr er schnell fort. „Stellen Sie sich nur vor – überall wird es auf der ersten Seite erscheinen: ‚Vollbesetztes Flugzeug – Viele Passagiere schwerkrank – Pilot ausgefallen.' Vielleicht noch ‚Evakuierung von Zivilisten aus ihren Häusern an der Brücke...' Nicht auszudenken!" –

„Es ist am besten, Sie lassen es die Presse von Anfang an miterleben", warf der Kontrolleur ein. „Bringen Sie Howard her – so schnell wie möglich. Das Amt wird seine Privatnummer kennen."

Burdick nickte dem Telefonisten zu, dessen Finger gleich eine Notliste entlangfuhren. Dann wählte er.

„Bei einer solchen Sache können wir die Presse nicht übergehen, Harry. Es ist ein zu großes Ereignis. Cliff wird schon wissen, wie das zu schaukeln ist. Sagen Sie ihm, er soll uns die Zeitungen vom Halse halten – wir hätten zu arbeiten."

„Das ist eine Nacht!" stöhnte Burdick und nahm ungeduldig den Telefonhörer ab. „Was ist mit Doktor Davidson?" fragte er den Telefonisten.

„Unterwegs. Nachtruf. Ist nicht erreichbar. Aber er soll bald zurück sein. Ich habe Nachricht hinterlassen."

„Hab ich's nicht gesagt? Heute muß aber auch alles schiefgehen. Wenn er nicht innerhalb von zehn Minuten anruft, dann verlangen Sie das Krankenhaus. Dieser Arzt in 714 hat vielleicht Anweisungen nötig. Fix – fix!" Burdick blies ungeduldig ins Telefon. „Wachen Sie auf, Cliff, um Himmels willen. Es gibt kaum eine Entschuldigung dafür, wenn jemand bei solch einem Ereignis noch schläft."

Am Rande der Stadt läutete ununterbrochen ein Telefon, das den Frieden eines kleinen, hübschen Hauses durch sein grelles Schrillen störte. Ein weicher, weißer Arm kam zögernd unter einer Bettdecke hervor, blieb

einen Augenblick regungslos auf dem Kissen liegen und tastete dann langsam nach dem Schalter der Nachttischlampe. Das Licht ging an. Die Augen vor dem grellen Schein schließend, griff eine attraktive rothaarige Frau nach dem Telefon. Sie nahm den Hörer ab, hielt ihn ans Ohr und legte sich auf die Seite. Sie schaute auf die Zeiger eines kleinen Weckers und murmelte: „Ja...?"
„Ist Mrs. Treleaven am Apparat?" fragte eine klare Stimme.
„Ja", wisperte sie. „Wer ist dort?"
„Kann ich Ihren Mann sprechen, Mrs. Treleaven?"
„Er ist nicht hier."
„Nicht dort? Wo kann ich ihn finden, bitte? Es ist sehr dringend."
Sie richtete sich in den Kissen auf und versuchte, ganz wach zu werden. Sie glaubte, noch zu träumen.
„Sind Sie noch da?" fragte die Stimme am anderen Ende. „Mrs. Treleaven, wir haben minutenlang versucht, Sie zu erreichen."
„Ich habe eine Schlaftablette genommen", sagte sie. „Wer ruft mich um diese Zeit eigentlich an?"
„Verzeihen Sie, daß ich Sie wecken muß. Aber es ist wichtig, wir müssen Captain Treleaven unverzüglich erreichen. Hier ist die Cross-Canada am Flughafen."
„Oh", sie riß sich zusammen. „Er ist zu seiner Mutter gegangen. Sein Vater ist krank, und mein Mann hilft ihr, bei ihm zu wachen."
„Ist er in der Stadt?"
„Ja, nicht weit vor hier." Sie gab die Telefonnummer.
„Danke. Wir werden ihn dort anrufen."
„Was ist denn los?" fragte sie.
„Verzeihung – aber jetzt ist keine Zeit für Erklärungen. Nochmals: danke."
Der Apparat schwieg. Sie legte den Hörer auf und schwang die Beine aus dem Bett. Als Frau des Chef-

piloten einer Luftlinie war sie jederzeit auf unerwartete Rufe zur Pflicht gefaßt. Aber obwohl sie daran gewöhnt war, solche Anrufe als einen unabänderlichen Teil ihres Lebens zu betrachten – sie ärgerte sich doch jedesmal darüber. War Paul eigentlich der einzige Pilot, an den sie immer dachten, wenn sie in der Klemme waren? Wenn er eilig irgendein Flugzeug übernehmen mußte, würde er wohl gleich anrufen, damit seine Uniform und alles andere bereit lag.
Sie wußte: jetzt ist es an der Zeit, eine Thermosflasche Kaffee und ein paar Sandwiches vorzubereiten.
Sie warf ihren Morgenrock über und schlüpfte, immer noch schläfrig, aus dem Schlafzimmer, die Treppe hinunter in die Küche.
Zwei Meilen davon entfernt lag Paul Treleaven in tiefem Schlaf. Sein langer Körper war auf der Couch im Wohnzimmer seiner Mutter ausgestreckt. Die energische alte Dame hatte darauf bestanden, daß sie nun an der Seite ihres kranken Gatten bleiben wolle, und dem Sohn förmlich befohlen, die restlichen Nachtstunden zu ruhen. Die Äußerungen des Hausarztes hatten am vorangegangenen Abend beruhigend geklungen: Der alte Herr hatte das gefährliche Stadium der Lungenentzündung überwunden. Nun war es nur noch eine Frage der guten Pflege.
Treleaven war sehr dankbar dafür, daß er schlafen konnte. Sechsunddreißig Stunden vorher war er von einem Flug nach Tokio zurückgekehrt. Er hatte von dort eine Parlamentsabordnung zurückgebracht, die nach Ottawa weiterreiste. Und seither hatte er nur wenig geschlafen, da die Krankheit seines Vaters gerade in ihr kritisches Stadium getreten war.
Er erwachte, als er fest am Arm gerüttelt wurde. Treleaven war sofort hellwach und sah seine Mutter über sich gebeugt.

„In Ordnung, Mutter", sagte er schnell, „jetzt übernehme ich wieder die Nachtwache."
„Nein, Junge – darum handelt es sich nicht. Daddy schläft wie ein Kind. Der Flughafen ist am Telefon. Ich sagte ihnen schon, daß du gerade versuchst, ein wenig Ruhe zu finden. Aber sie wollten nichts davon wissen. Ich finde, es ist eine Schande. Als ob sie nicht eine vernünftigere Zeit am Morgen abwarten könnten!"
„Okay", sagte Treleaven nur, „ich komme."
Er sprang auf und fragte sich, ob er wohl jemals zu normalen Schlaf kommen würde. Er war bereits halb angekleidet, da er ohnehin nur Jacke und Krawatte abgelegt hatte. In Socken ging er in die Diele. Seine Mutter folgte ihm besorgt.
„Treleaven", meldete er sich.
„Gott sei Dank, Paul. Hier ist Jim Bryant", sagte der Anrufende sofort. „Ich war wirklich in Sorge. Wir brauchen dich, Paul, dringend! Kannst du gleich herüberkommen?"
„Warum? Was ist los?"
„Wir stecken in einer wirklich schlimmen Sache. Eine Maple Leaf Charter – es ist eine Empress C 6 –, eines dieser ausgebesserten Dinger, ist von Winnipeg her unterwegs. Eine Anzahl Passagiere und beide Piloten liegen wegen ernster Lebensmittelvergiftung flach..."
„Was? – Beide Piloten??"
„Genau. Ganz schwerer Notfall. Irgendeiner ist am Steuer, der seit Jahren nicht geflogen hat. Glücklicherweise ist das Schiff auf Autopilot geschaltet. Maple Leaf hat keinen Mann hier, und wir möchten, daß du kommst und sie herunterspricht. Glaubst du, du kannst es machen?"
„Großer Gott – ich weiß nicht. Das ist ein verdammt schwerer Auftrag." Treleaven schaute auf seine Armbanduhr. „Wie ist die errechnete Ankunftszeit?"

„Fünf Uhr fünf."
„Aber das sind ja kaum noch zwei Stunden! Wir müssen uns beeilen. Ich bin im Süden der Stadt..."
„Wie ist die Adresse?"
Treleaven gab sie durch.
„Wir haben einen Polizeiwagen, der dich in ein paar Minuten holt. Wenn du hier ankommst, geh bitte sofort zum Kontrollraum hinauf."
„Gut. Bin schon unterwegs."
„Und viel Glück, Paul!"
„Kann ich brauchen!" – Treleaven legte auf und ging ins Wohnzimmer zurück, um sich die Schuhe anzuziehen und die Schuhbänder zu knüpfen. Seine Mutter hielt ihm die Jacke hin.
„Was ist los, Junge?" fragte sie besorgt.
„Unannehmlichkeiten auf dem Flughafen, Mutter. Schwere Unannehmlichkeiten, fürchte ich. Gleich kommt ein Polizeiwagen, der mich abholt."
„Polizei..."
„Na, na!" Einen Moment legte er beruhigend den Arm um sie. „Es ist nichts, worüber du dich aufregen müßtest. Aber sie brauchen meine Hilfe. Für den Rest der Nacht muß ich wegbleiben." Er sah sich nach seiner Pfeife und dem Tabak um und steckte beides in die Tasche. „Moment mal...", sagte er plötzlich nachdenklich. „Woher wußten die, daß ich hier bin?"
„Keine Ahnung. Vielleicht haben sie zuerst bei Dulcie angerufen."
„Ach ja, das ist möglich. Würdest du sie bitte anrufen, Mutter, und ihr sagen, daß alles in Ordnung ist?"
„Natürlich mache ich das. Aber was ist eigentlich los, Paul?"
„In einem Flugzeug, das hier bald landen muß, ist ein Pilot krank geworden. Sie wollen, daß ich ihn heruntersprecht, wenn ich kann."

Seine Mutter blickte ihn verwirrt an. „Was meinst du mit heruntersprechen?" fragte sie. „Wenn der Pilot krank ist, wer wird dann steuern?"
„Ich, Mutter. Vom Boden aus. Zumindest werde ich es versuchen..."
„Das verstehe ich nicht."
Ich vielleicht auch nicht, dachte Treleaven fünf Minuten später, als er im Rücksitz des Polizeiwagens saß, der aus der Seitenstraße sofort in rasendem Tempo davonschoß. Die Straßenlichter flitzten immer rascher vorüber. Die Tachometernadel stand auf ungefähr 75 Meilen, als die Sirene durch die Nacht heulte.
„Sieht so aus, als gäb's auf dem Flughafen eine heitere Nacht", bemerkte der Polizeisergeant, der neben dem Fahrer saß, über die Schulter hinweg.
„Das glaube ich auch", sagte Treleaven. „Können Sie mir eigentlich genau sagen, was passiert ist?"
„Da bin ich überfragt", sagte der Sergeant und spie aus dem Fenster. „Ich weiß nur, daß jeder verfügbare Wagen zum Flughafen gebracht wurde, damit man ihn von dort aus einsetzen kann, falls Bridge Estate geräumt werden muß. Wir waren gerade dorthin unterwegs, als wir gestoppt wurden und zurück mußten, um Sie zu holen. Ich glaube, sie rechnen mit einer scheußlichen Bruchlandung."
„Wissen Sie was?" warf der junge Fahrer ein. „Ich glaube, es ist ein Düsenbomber, der mit einer Nuklear-Ladung hereinkommt..."
„Nun tu mir bloß den Gefallen...", sagte der Sergeant mit gequälter Stimme. „Dein Verstand hat wohl unter dem Lesen von zu vielen Comics gelitten, was?"
Nie, dachte Treleaven grimmig, bin ich so schnell zum Flughafen gekommen. Nach wenigen Augenblicken, schien es, hatten sie Marpole erreicht und fuhren über Oak Bridge nach Lulu Island. Dann bogen sie rechts

ab, kreuzten die Flußmündung nach Sea-Island und fuhren gelegentlich an Polizeiwagen vorüber, deren Besatzungen mit bestürzten Hausbewohnern sprachen. Dann rasten sie das letzte Stück der Flughafenstraße entlang, während ihnen die Lichter der langen, niedrigen Flughafengebäude schon zuwinkten. Plötzlich bremste der Fahrer. Die Reifen kreischten protestierend. Vor ihnen drehte gemächlich eine Feuerspritze um, der sie ausweichen mußten. Der Sergeant fluchte kurz, aber gefühlvoll vor sich hin.

Vor dem Hauptempfangsgebäude sprang Treleaven aus dem Wagen und war schon durch die Türen und die Schalterhalle, bevor die Sirene des Wagens schwieg. Er winkte dem Bevollmächtigten ab, der auf ihn zueilte, und ging direkt zum Kontrollraum im Verwaltungsgebäude. Trotz seiner massigen Statur konnte er sich bemerkenswert schnell fortbewegen. Vielleicht war es gerade diese leichtfüßige Behendigkeit, die ihn – verbunden mit seinem kräftigen Körperbau, den hellen Haaren und harten, hageren Gesichtszügen – für manche Frau interessant machte. Sein Gesicht wirkte fast eckig und war durchfurcht, als sei es aus Holz gemeißelt.

Treleaven war als Pedant bekannt, und manches Besatzungsmitglied, das einmal einen Fehler gemacht hatte, fürchtete den kalten Blick seiner hellen, beinahe wasserblauen, klaren Augen.

Er trat gerade in den Kontrollraum, als Burdick ehrerbietig ins Telefon sprach:

„... Nein, Sir, er ist nicht fähig dazu. Er hat im Krieg einmotorige Jagdflugzeuge geflogen. Nichts seitdem... Ich habe das auch gefragt. Dieser Doktor an Bord sagt..."

Schnell trat der Kontrolleur an Treleaven heran, um ihn zu begrüßen. „Ich bin heilfroh, Sie zu sehen, Captain", sagte er.

Treleaven nickte zu Burdick hinüber: „Spricht er über den Burschen in der Empress-Maschine?"
„Ja. Er hat gerade seinen Präsidenten in Montreal aus dem Bett geholt. Der alte Herr schien nicht gerade begeistert – und mir geht's genauso. Der Anruf hätte hier nicht hereinkommen sollen. – Beeilen Sie sich, Harry!"
„Was bleibt uns anders übrig?" plädierte Burdick ins Telefon. Er schwitzte furchtbar. „Wir werden ihn heruntersprechen müssen. Ich habe den Cross Canada Chefpiloten, Captain Treleaven, aufgestöbert, er kommt gerade zur Tür herein. Wir werden uns mit einer Prüfliste ans Funkgerät setzen und versuchen, ihn herunterzubringen. Wir tun unser Möglichstes, Sir... Natürlich... Es ist ein furchtbares Risiko – aber können Sie uns etwas Besseres raten?"
Treleaven nahm die Meldungen der 714 zur Hand und las sie sorgfältig durch. Ruhig verlangte er: „Wetter!"
– Dann studierte er die letzten Wettermeldungen. Nachdem er auch dies getan hatte, legte er die Papiere aus der Hand, hob die Augen mit düsterem Blick zum Kontrolleur und begann, seine Pfeife zu füllen.
Burdick sprach noch immer ins Telefon.
„... Ich habe daran gedacht, Sir. Howard wird die Presse hier bearbeiten. Bis jetzt sind sie noch nicht draufgekommen ... Ja, ja, wir haben alle Lebensmittel der Flüge Winnipeg gesperrt. Sonst wissen wir vorläufig nichts ... Ich werde Sie sofort anrufen ..."
„Was halten Sie von der Sache?" fragte der Kontrolleur den Captain.
Treleaven zuckte die Achseln. Er nahm den Nachrichtenblock zur Hand. Über sein Gesicht zogen sich tiefe Falten, als er die Meldungen noch einmal las. Er sog ständig an seiner Pfeife.
Ein junger Mann betrat den Raum. Er hielt die Tür mit einem Fuß offen und balancierte ein Tablett mit Papier-

bechern voller Kaffee herein. Er gab dem Kontrolleur einen Becher und setzte einen anderen Treleaven vor, doch dieser achtete nicht darauf.
„... ETA* ist 05.05 Pazifikzeit." Burdick sagte es mit wachsender Erbitterung. „Ich habe jetzt eine Menge zu tun, Sir... Ich werde Sie anrufen... Ich werde Sie anrufen, sobald ich Näheres weiß... Ja, ja... Auf Wiedersehen!"
Als er den Telefonhörer in die Gabel legte, atmete er sichtlich erleichtert auf. Dann drehte er sich nach Treleaven um und sagte: „Ich danke Ihnen vielmals, daß Sie gekommen sind, Captain. Sind Sie soweit im Bilde?"
Treleaven wies auf den Nachrichtenblock: „Ist dies die ganze Geschichte?"
„Das ist alles, was wir wissen. – Ich möchte, daß Sie ans Mikrophon gehen und den Mann heruntersprechen. Sie werden ihm das Gefühl für das Flugzeug vermitteln müssen. Sie werden ihn alle Kontrollen für die Landung machen lassen und ihn auf die Anflugachse dirigieren müssen. Und – Gott steh uns bei – Sie müssen ihn bis auf den Boden heruntersprechen. Können Sie das?"
„Ich kann kein Wunder vollbringen", sagte Treleaven ruhig. „Wissen Sie, daß die Chancen, ein viermotoriges Passagierschiff zu landen, für einen Mann, der nur Jagdflugzeuge geflogen hat, ziemlich mager sind – vorsichtig ausgedrückt?"
„Natürlich weiß ich das", brach Burdick aus. „Sie haben ja gerade gehört, was ich Banard erzählte. Aber fällt Ihnen was anderes ein?"
„Nein", sagte Treleaven bedächtig. „Ich glaube, nein. Ich wollte nur sicher sein, daß Sie wissen, was uns bevorsteht."

* Errechnete Ankunftszeit

„Hören Sie", sagte Burdick ärgerlich, „dort oben ist ein Schiff voller Leute. Ein paar davon liegen im Sterben – einschließlich die Piloten. Die größte Flugzeugkatastrophe seit Jahren ist es – was uns da bevorsteht!"
„Behalten Sie die Ruhe", sagte Treleaven kalt. „Mit Schreien kommen wir nicht weiter." Er beugte sich wieder über die Meldungen und schaute dann auf die Wandkarte. „Das wird eine harte Arbeit und eine kritische Sache", sagte er. „Ich möchte, daß Sie sich darüber im klaren sind."
„Gut, meine Herren", sagte der Kontrolleur. „Sie haben absolut recht, das Risiko zu betonen, Captain. Wir erkennen das vollkommen an."
„Also", sagte Treleaven. „Fangen wir an."
Er ging zum Funker: „Können Sie direkt mit der 714 arbeiten?"
„Ja, Captain. Der Empfang ist einwandfrei. Wir können sie jederzeit anrufen."
„Also tun Sie das."
Der Funker schaltete auf „Sendung".
„Flug 714... Hier ist Vancouver... Hören Sie mich? Bitte kommen."
„Ja, Vancouver", kam Spencers Stimme durch den Verstärker. „Wir hören Sie klar. Fahren Sie fort, bitte."
Der Funker übergab Treleaven das Standmikrophon.
„Okay, Captain – jetzt liegt's bei Ihnen."
„Bin ich mit der Maschine in Verbindung?"
„Ja, Sie können anfangen."
Treleaven nahm das Standmikrophon, dessen Kabel auf dem Boden lag, in die Hand und drehte den anderen Männern im Raum den Rücken zu. Die Beine aufgestützt starrte er, ohne etwas zu sehen, auf einen Punkt der Wandkarte. Seine kalten Augen schienen in der Konzentration zu erstarren. Seine Stimme klang ruhig und ohne Hast. Er sprach leichthin, ein Vertrauen ein-

flößend – das er selbst nicht fühlte. Die anderen Männer entspannten sich sichtlich, als ob seine angeborene Autorität sie alle vorübergehend von der Last der Verantwortung entbunden hätte.
„Hallo – Flug 714", sagte er. „Hier ist Vancouver. Mein Name ist Paul Treleaven, und ich bin Cross Canada Airline Captain. Ich will Ihnen helfen, das Flugzeug hereinzubringen. Wir werden nicht allzuviel Mühe haben. Soviel ich weiß, spreche ich mit George Spencer. Ich würde gern über Ihre fliegerische Erfahrung ein bißchen mehr hören, George..."
Die schlaffen Falten in Burdicks ehrlichem Gesicht begannen in einem unkontrollierbaren, nervösen Krampf zu zucken. Treleaven sah es nicht.

03 Uhr 25 - 04 Uhr 20

Spencer warf unwillkürlich einen Blick zu dem Mädchen hinüber, das neben ihm saß. Ihre Augen waren im grünlichen Licht der Instrumente auf sein Gesicht gerichtet. Er blickte wieder geradeaus und horchte angespannt.
Treleaven sagte eben: „Wieviel Flugstunden hatten Sie beispielsweise? Die Meldung hier besagt, daß Sie einmotorige Jagdflugzeuge geflogen haben. Wie steht es mit mehrmotorigen Maschinen? Lassen Sie von sich hören. George..."
Spencers Mund war so trocken, daß er kaum sprechen konnte. Er räusperte sich.
„Hallo Vancouver. Hier 714. – Ich bin froh, daß Sie da sind, Captain. Aber wir wollen uns nichts vormachen. Ich glaube, wir beide kennen die Situation. Meine ganze fliegerische Erfahrung beschränkt sich auf einmotorige Flugzeuge. Spitfires und Mustangs. Ich habe alles in allem rund tausend Flugstunden. Aber das ist neun oder zehn Jahre her. Seitdem habe ich keinen Steuerknüppel mehr in der Hand gehabt. Können Sie alles verstehen? Bitte kommen."
„Machen Sie sich deshalb keine Gedanken, George. Es ist wie mit dem Radfahren. Man verlernt es nie! Bleiben Sie auf Empfang, ja?"
Treleaven drückte auf den Unterbrecherknopf am Mikrophongriff, den er in der Hand hielt, und schaute auf ein Blatt Papier, das ihm der Kontrolleur hinreichte.

„Versuchen Sie, ihn auf diesen Kurs zu bringen", sagte der Kontrolleur. „Die Air Force hat eben eine Radar-Chek geschickt." Er machte eine Pause. „Seine Stimme klang ziemlich bedrückt, nicht wahr?"

„Ja. Ich möchte nicht in seiner Haut stecken." Treleaven zog eine Grimasse. „Wir müssen ihm Vertrauen einflößen", sagte er. „Ohne das ist alles umsonst. Er darf unter keinen Umständen die Nerven verlieren. Lassen Sie das sein, bitte", sagte er zum Assistenten des Kontrolleurs, der eben ein Telefongespräch führte. „Wenn der Junge mich nicht klar versteht, wird er im Handumdrehen in Schwierigkeiten geraten, und dann können wir ihm nicht mehr helfen." Dann zum Funker: „Passen Sie auf, daß Sie die Verbindung nicht verlieren." Er ließ den Unterbrecherknopf am Mikrophon los.

„714", sagte er, „hier ist Treleaven. Sie fliegen immer noch mit Autopilot, nicht wahr?"

„Ja, Captain", kam die Antwort.

„Okay, George. Gleich können Sie den Autopiloten ausschalten und sich wieder an die Steuer gewöhnen. Wenn Sie sich damit vertraut gemacht haben, werden Sie Ihren Kurs ein wenig ändern. Hören Sie gut zu, bevor Sie die Steuer berühren. Wenn Sie das Flugzeug übernehmen, werden die Steuer im Vergleich zu denen eines Jagdflugzeugs schwer und träge sein. Lassen Sie sich dadurch nicht aus der Ruhe bringen. Es ist absolut normal. Sie haben ein solides Flugzeug da oben, also machen Sie es schön gleichmäßig. Beachten Sie immer die Geschwindigkeit, während Sie fliegen, und passen Sie auf, daß Sie nicht unter 120 Knoten kommen, solange die Räder und die Landeklappen eingezogen sind, sonst sacken Sie durch. Ich wiederhole: Überzeugen Sie sich ständig, daß Ihre Geschwindigkeit nicht unter 120 Knoten fällt! Nun noch etwas anderes. Haben Sie jemanden, der das

Funkgerät bedienen kann und dafür sorgt, daß Sie die Hände frei haben?"
"Ja, Vancouver. Die Stewardeß ist hier bei mir und wird das Gerät übernehmen. Jetzt sind Sie dran, Janet!" "Hallo – Vancouver. Hier spricht die Stewardeß, Janet Benson. Bitte kommen."
"Sie sind's also, Janet", sagte Treleaven. "Ich habe Ihre Stimme sofort erkannt. Sie werden für mich mit George sprechen, ja? Gut. Also, Janet, ich möchte, daß Sie auf den Geschwindigkeitsmesser achten. Denken Sie daran, daß ein Flugzeug nur mit einer bestimmten Geschwindigkeit in der Luft bleiben kann. Wenn die Geschwindigkeit zu gering wird, ist das Flugzeug ,überzogen', und die Luftströmung an den Tragflächen reißt ab. Wenn der Geschwindigkeitsmesser in die Nähe von 120 kommt, dann sagen Sie es George sofort. Klar, Janet?"
"Ja, Captain. Ich verstehe."
"Zurück zu Ihnen, George. Machen Sie alle Bewegungen mit dem Steuer langsam und sanft. Ich möchte, daß Sie den Autopiloten jetzt ausschalten. Er ist an der Steuersäule leicht zu finden. Übernehmen Sie das Flugzeug jetzt selbst. Halten Sie es gerade und waagerecht. George, Sie überwachen den Neigungsmesser am Instrumentenbrett. Janet, Sie überwachen die Geschwindigkeit. 120 Knoten – denken Sie daran. Bleiben Sie darüber! Allright. Fangt jetzt an."
Spencer tastete mit der rechten Hand hinunter und griff nach der Vorrichtung, die dazu diente, den Autopiloten auszuschalten. Sein Gesicht war starr. Er machte sich bereit, die Füße auf den Steuerpedalen und die linke Hand auf der sich sanft bewegenden Steuersäule.
"Sagen Sie ihm, ich schalte jetzt um", sagte er zu Janet. Sie wiederholte die Meldung. Für einen Moment verhielt seine Hand am Hebel. Dann, kurz entschlossen, drehte er ihn herum.

Das Flugzeug schwang ein wenig nach links, aber er korrigierte es vorsichtig. Es gehorchte dem Druck des Fußes auf das Seitensteuer. Die von der Steuersäule auf seine Hände übergehende Vibration schien wie elektrischer Strom durch seinen Körper zu fließen.
„Sagen Sie ihm: okay!" sagte er, tief atmend. Seine Nerven waren wie Drähte gespannt.
„714 hier. Wir fliegen gerade und waagerecht." Janets Stimme klang erstaunlich charmant und ruhig.
„Gut gemacht, George. Sobald Sie das Gefühl für die Maschine haben, versuchen Sie ein paar ganz sanfte Kurven – nicht mehr als zwei oder drei Grad. Können Sie den Wendezeiger sehen? Er ist direkt vor Ihren Augen, ein klein wenig rechts, neben dem Abblend-Lichtschild. Bitte kommen."
Treleaven kniff die Augen zusammen, um sich im Geist die Anordnung der Instrumente im Flugzeug vorzustellen. Dann öffnete er sie wieder und sagte zu einem der Männer im Kontrollraum: „Hören Sie, ich habe mit diesem Mann dort oben eine Menge Arbeit. Aber solange wir noch Zeit haben, müssen wir daran denken, den Anflug und die Landung vorzubereiten. Holen Sie mir den Radar-Chef herauf."
Spencer drückte mit dem linken Fuß vorsichtig auf das Seitensteuer und drehte leicht an der Steuersäule. Diesmal schien es eine Ewigkeit zu dauern, bis das Flugzeug gehorchte und er am Wendezeiger einen schwachen Ausschlag der Nadel sah. Befriedigt versuchte er es nach der anderen Richtung – diesmal aber war die Reaktion alarmierend. Er warf einen Blick auf den Geschwindigkeitsmesser und sah erschrocken, daß dieser auf 180 Knoten gefallen war. Schnell korrigierte er die Drehung und atmete auf, als die Geschwindigkeit langsam auf 210 stieg. Er würde die Steuer äußerst vorsichtig handhaben müssen, bis er die Verzögerung kannte. Wieder drückte

er gegen das Steuer, das durch sein Gewicht Widerstand bot. Allmählich folgte die Maschine. Diesmal beschleunigte er die Geschwindigkeit, bevor er in die Gegenrichtung drehte.
Janet hatte die Augen für einen Augenblick vom Instrumentenbrett gehoben, um mit dünner Stimme zu fragen: „Wie geht es?"
Spencer versuchte zu grinsen – aber es gelang ihm nicht. Er kam sich vor wie seinerzeit im Linktrainer* – nur daß damals nicht sechzig Menschenleben von ihm abhingen und daß damals der Instrukteur wenige Schritte entfernt von ihm im gleichen Raum saß.
„Sagen Sie ihm, ich bin beim Üben und fliege vorsichtig Kurven. Ich drehe jedesmal auf Kurs zurück."
Janet gab es durch.
„Ich hätte Sie das vorher fragen sollen", hörten Janet und George aus ihren Kopfhörern, „wie ist eigentlich das Wetter bei euch da oben?"
„Im Augenblick ist es klar", antwortete Janet. „Unter uns natürlich nicht."
„Aha. Halten Sie mich bitte auf dem Laufenden. – George, wir müssen uns beeilen. Sie können jetzt jederzeit durch Wolken mit etwas Turbulenz kommen. Wenn das geschieht, möchte ich Sie darauf vorbereitet wissen. Wie kommen Sie mit dem Vogel zurecht?"
Spencer schaute zu Janet hinüber. „Sagen Sie ihm: verdammt träge – wie ein nasser Schwamm..." Er quetschte es zwischen zusammengebissenen Zähnen hervor.
„Hallo, Vancouver – träge wie ein nasser Schwamm", wiederholte Janet.
Für ein paar Sekunden hob sich im Vancouver-Kontrollraum die Stimmung, und die Gruppe, die rings um das Funkgerät herumstand, tauschte ein flüchtiges Lächeln aus.

* Trainings-Apparatur für Blindflugschulung am Boden.

„Das ist ein ganz natürliches Gefühl, George", sagte Treleaven wieder ernst, „weil Sie kleinere Flugzeuge gewöhnt waren. Sie werden das noch stärker empfinden, wenn Sie die Maschine ganz herumziehen müssen. Aber Sie werden sich schnell daran gewöhnen."
Jemand unterbrach ihn: „Ich habe den Radar-Chef hier."
„Muß warten", sagte Treleaven. „Ich werde mit ihm sprechen, sobald hier eine Pause eintritt."
„Okay."
„Hallo, George", rief Treleaven. „Sie müssen alle raschen Steuerbewegungen, wie Sie sie von Jagdflugzeugen her gewöhnt sind, vermeiden. Wenn Sie die Steuer zu schnell bewegen, werden Sie in Schwierigkeiten geraten. Ist das klar? Bitte kommen."
„Ja, Vancouver, wir haben verstanden. Bitte kommen."
„George, ich möchte, daß Sie jetzt die Wirkung von geringer und hoher Geschwindigkeit ausprobieren. Fangen Sie damit an, indem Sie die Gashebel so verstellen, daß Sie nur mit 160 fliegen. Dann fliegen Sie gerade und ausgeglichen. Aber passen Sie auf die Geschwindigkeit auf. Bleiben Sie über 120 Knoten! Die Ruder-Trimmung ist genau unter den Gashebeln am Steuersockel, und die Trimmung für die Querruder ist dicht darunter. Gefunden? Bitte kommen."
Spencer kontrollierte es mit einer Hand. Mit der anderen und den Füßen hielt er die Maschine gerade. „Sagen Sie ihm, ich nehme jetzt die Geschwindigkeit zurück, Janet."
„Okay, Vancouver. Wird gemacht."
Es verging ein wenig Zeit – dann begann die Geschwindigkeit langsam zu fallen. Bei 160 Knoten glich George durch die Trimmung aus und gab Janet ein Zeichen.
„714 hier. – Vancouver, der Geschwindigkeitsmesser zeigt 160."

Treleaven wartete, bis er sich aus seinem Rock herausgekämpft hatte. "Gut, George. Versuchen Sie jetzt ein bißchen zu steigen und zu sinken. Behandeln Sie die Steuersäule, als wenn sie mit Eiern gefüllt wäre, und beachten Sie die Geschwindigkeit. Halten Sie sie auf 160. Schauen Sie zu, daß Sie den Vogel ins Gefühl bekommen. – Bitte kommen." Er legte das Mikrophon aus der Hand. – "Wo ist der Radar-Chef?"
"Hier."
"Wie weit wird die Maschine entfernt sein, wenn sie auf Ihrem Radarschirm sichtbar wird?"
"Etwa 60 Meilen, Captain."
"Das dauert also noch eine gute Weile. Na schön", sagte Treleaven, teils zu sich selbst, teils zu Burdick. "Man kann eben nicht alles auf einmal haben. Beim nächsten Anruf werden wir seinen Kurs prüfen."
"Ja", sagte Burdick und offerierte dem Captain eine Zigarette, die er aber ablehnte.
"Wenn er die allgemeine Richtung eingehalten hat", fuhr Treleaven fort, indem er auf die Wandkarte schaute, "dann kann er nicht weit vom Kurs abgekommen sein. und wir können ihn wieder hereinbringen, sobald er in unseren Radarbereich kommt. Diese Air-Force-Kontrolle ist eine große Hilfe..."
"Kann er auf dem Funk-Leitstrahl hereinkommen?" fragte Burdick.
"Im Moment hat er andere Sorgen. Wenn ich versuchen würde, ihn auf den Leitstrahl zu lotsen, müßte er am Funkgerät herummurksen, die Frequenzen wechseln und weiß der Teufel was sonst noch alles. Ich riskiere es lieber, daß er ein paar Meilen vom Kurs abkommt. Wir machen es am besten so", sagte er dann zum Radar-Chef, "daß ich das Gespräch führe. An mich ist er jetzt gewöhnt."
"Einverstanden, Sir."

„Sobald er sich auf eurem Schirm zeigt, benachrichtigt ihr mich. Können Sie eine direkte Verbindung zwischen mir und dem Radar-Raum herstellen?"
„Das werden wir gleich veranlassen", sagte der Radar-Chef. Dann fuhr er fort: „Wie machen wir es mit dem Anflug zum Platz?"
„Sobald wir ihn auf dem Schirm haben und er genau Kurs hält, gehen wir in den Turm. Sie berichten mir dort hinauf, wir werden dann die Piste bestimmen, die er zur Landung benützen soll."
Treleaven nahm das Mikrophon zur Hand, wartete aber, da er einen Blick des Kontrolleurs bemerkte, der soeben das Telefon auf die Gabel zurücklegte.
„Dr. Davidson ist unten", sagte der Kontrolleur zu ihm.
„Was hat er zu berichten?"
„Auf Grund der Information, die wir erhalten haben, geht er mit der Diagnose des Arztes im Flugzeug einig. Er schien sich zuerst zu fragen, ob es nicht ein Ausbruch von Botulismus sein könnte."
„Was, um Himmels willen, ist denn das?"
„Anscheinend eine sehr ernste Art von Lebensmittelvergiftung. Sollen wir den Arzt ans Funkgerät holen?"
„Nein, Mr. Grimsell. Es ist jetzt wichtiger, dieses Flugzeug zu fliegen. Wir überlassen es denen dort oben, medizinische Ratschläge anzufordern, wenn sie welche brauchen. Wenn ich es irgend vermeiden kann, möchte ich nicht, daß Spencers Aufmerksamkeit abgelenkt wird. Davidson möchte sich bereit halten, für den Fall, daß er gebraucht wird."
Treleaven sprach ins Mikrophon: „Hallo. George Spencer. Vergessen Sie nicht die Verzögerung in den Steuern. Bleiben Sie vor allem ruhig. Verstehen Sie mich?"
Es folgte eine Pause. Dann: „Er hat verstanden, Vancouver! Bitte kommen."
Spencer glaubte, der Airline-Captain hätte seine Ge-

danken gelesen. Er hatte das Steuer langsam nach vorn gedrückt und dann wieder zurückgenommen, aber das Flugzeug sprach auf diese Bewegungen nicht an. Er versuchte es noch einmal und drückte das Steuer nach vorn. Die Nase des Flugzeuges begann sich ganz langsam zu senken. Dann — so plötzlich, daß er vor Schreck einen Moment fast erstarrte —, stürzte die Maschine nach unten.
Janet biß sich auf die Lippen, um einen Schrei zu unterdrücken. Die Nadel des Geschwindigkeitsmessers kletterte auf 180... 190... 200... 220...
Spencer legte sein ganzes Gewicht auf das Steuer und kämpfte darum, das Flugzeug wieder in die normale Lage zu ziehen. Das Instrumentenbrett vor seinen Augen schien plötzlich zu leben. Der Zeiger des Variometers* zitterte am Anschlag. Das kleine nachgebildete Flugzeug auf dem „künstlichen Horizont" hatte seinen linken Flügel gesenkt und verharrte in dieser Stellung. Auf dem Zifferblatt des Höhenmessers drehte sich der 100-Fuß-Zeiger rückwärts. Die 1000-Fuß-Anzeige folgte ihm langsamer, aber noch immer erschreckend schnell, während die 10 000-Fuß-Nadel bereits an ihrem tiefsten Punkt stand.
„Komm doch, du Wegschnecke, verdammt noch mal", schrie er, als die Nase des Flugzeuges endlich antwortete. Er überwachte die drei Höhenmesser-Nadeln, die nun, mit quälender Langsamkeit, wieder zu klettern begannen.
„Geschafft", sagte er erleichtert zu Janet, wobei er vergaß, daß er nun zu stark korrigiert hatte...
„Passen Sie auf — passen Sie auf! Die Geschwindigkeit...", schrie Janet.
Sein Blick schnellte zum Fahrtmesser zurück, der jetzt rasch zu fallen begann: 160... 150... 140... Dann

* Anzeiger von Steig- und Sinkgeschwindigkeit

hatte er die Maschine wieder in der Hand. Das Flugzeug flog horizontal.

„Danke für Backobst", murmelte er, „das war ungemütlich!"

Janet prüfte noch immer den Geschwindigkeitsmesser. „Hundertsechzig. Jetzt ist es gut."

In diesem Augenblick öffnete sich hinter ihnen die Tür der Kabine, und Dr. Bairds Stimme rief: „Was ist passiert?"

Spencer, der seine Augen nicht vom Instrumentenbrett nahm, antwortete laut: „Entschuldigen Sie, Doktor. Ich versuche, mich an die Maschine zu gewöhnen."

„Gut. Aber behalten Sie Ihre Ruhe dabei. Hinten steht es schlimm genug. – Wie geht's?"

„Gut. Ganz gut, Doktor", sagte Spencer und befeuchtete seine Lippen mit der Zungenspitze.

Die Tür schloß sich wieder. Treleavens Stimme kam durch den Äther.

„Hallo, George Spencer. Alles okay? Bitte kommen."

„Alles unter Kontrolle, Vancouver", antwortete Janet.

„Gut. Wie ist Ihr gegenwärtiger Kurs, George?"

Spencer spähte nach unten. „Sagen Sie ihm, der magnetische Kompaß zeigt immer noch ungefähr 290 Grad. und ich habe mich ziemlich daran gehalten."

Janet gab es nach Vancouver durch.

„Sehr gut, George. Versuchen Sie, diesen Kurs beizubehalten. Kann sein, daß Sie ein bißchen davon abgekommen sind, aber ich sage es Ihnen schon, wenn Sie korrigieren müssen. Jetzt möchte ich, daß Sie einmal fühlen, wie das Schiff auf langsamere Geschwindigkeit reagiert, wenn die Klappen und die Räder ausgefahren sind. Aber tun Sie nichts, bevor ich Ihnen die Instruktionen gegeben habe. Klar? Bitte kommen."

Janet sah Spencers Nicken und bat Treleaven, fortzufahren.

„Hallo – 714. Vor allem, Gas langsam zurück. Nicht viel! Und halten Sie Ihre Geschwindigkeit gleichmäßig auf 160 Knoten. Berichtigen Sie die Trimmung, um im Horizontalflug zu bleiben. Sagen Sie mir, wann Sie bereit sind. Bitte kommen." Spencer richtete sich auf. „Überwachen Sie die Geschwindigkeit, Janet. Sie werden sie mir zurufen müssen, wenn wir landen – also können Sie es jetzt schon ein wenig üben."
„190", rief Janet. „Jetzt 200... 190... Er sagte aber 160, Mr. Spencer!"
„Ich weiß, ich weiß. Ich werde das Gas zurücknehmen." Er langte nach den Gashebeln. „Wieviel, Janet? Wie ist die Geschwindigkeit?"
„190 – 180 – 175 – 170 – 165 – 155 – 150... Das ist zu wenig!"
„Ich weiß." Seine Hand tätschelte die Gashebel. Beinahe liebkosend brachte er sie in die richtige Stellung, um die Geschwindigkeit zu erhalten, die er wünschte. Janets Augen waren auf die zitternde Nadel des Geschwindigkeitsmessers geheftet.
„150 – 150 – 155 – 160... Jetzt bleibt sie auf 160."
Spencer blies die Backen auf. „Puh! Wir haben es. Sagen Sie's ihm, Janet."
„Hallo, Vancouver. Unsere Geschwindigkeit ist gleichmäßig auf 160. Bitte kommen."
Treleaven schien ungeduldig, als hätte er erwartet, daß sie schneller bereit wären. „Okay – 714. George, jetzt möchte ich, daß Sie die Klappen 15 Grad ausfahren. Aber vorsichtig! Nicht mehr als 15 Grad! Der Bedienungshebel dafür ist unten an der Konsole. Er ist deutlich markiert. 15 Grad bedeutet, daß Sie den Hebel bis zur zweiten Kerbe schieben müssen. Der Klappen-Anzeiger ist in der Mitte des Instrumentenbrettes. Ich meine des Haupt-Instrumentenbrettes! Haben Sie die beiden Sachen gefunden? Bitte kommen."

Spencer fand den Hebel. „Bestätigen Sie es", sagte er zu Janet. „Aber es wäre besser, Sie würden den Hebel bedienen."
Sie meldete Vancouver, daß sie bereit seien. Dann saß sie still, die Hand auf dem Hebel.
„Hallo – 714. Wenn es soweit ist, drücken Sie den Hebel ganz herunter und überwachen die Anzeige. Wenn die Nadel 15 Grad anzeigt, nehmen Sie den Hebel zurück und lassen ihn in der zweiten Kerbe. Sie müssen aufpassen, die Klappen gehen sehr schnell nach unten. Alles klar?"
„Verstanden, Vancouver", bestätigte Janet.
„Gut. Los jetzt!"
Sie war im Begriff, den Hebel herunterzudrücken, als sie plötzlich hochschreckte: „Die Geschwindigkeit! Sie ist auf 125 herunter!"
„Mein Gott!" Spencer drückte das Steuer vorwärts und brüllte: „Rauf damit! Rauf damit!"
Das Taumeln des Flugzeuges hob ihre Mägen fast bis zum Hals. Janet beugte sich zum Instrumentenbrett vor und rief Spencer die Zahlen zu:
„135 – 140 – 150 – 160 – 170 – 175... Können Sie sie auf 160 zurückbringen?"
„Ich versuch's ja schon..."
Wieder zog er das Steuer und spielte es ein, bis die Nadel die erforderliche Geschwindigkeit anzeigte. Er strich sich hastig mit dem Ärmel über die Stirn, ohne die Hand vom Steuer zu nehmen. Er wollte es nicht riskieren, das Taschentuch herauszuholen. „Jetzt haben wir's. 160, nicht wahr?"
„Gott sei Dank." Spencer lehnte sich in den Sitz zurück. „Janet, jetzt müssen wir erst einen Moment verschnaufen..."
Er lächelte schwach. „Da können Sie sehen, was ich für ein Pilot bin. Ich hätte wissen sollen, was passiert."

„Nein", sagte Janet. „Es war meine Aufgabe, die Geschwindigkeit zu überwachen." Sie atmete tief, um ihr hämmerndes Herz zu beruhigen. „Ich glaube", fuhr sie fort, „Sie machen Ihre Sache prachtvoll." Ihre Stimme zitterte etwas.
Es entging Spencer nicht. Schnell und mit übertriebener Herzlichkeit sagte er: „Sie können nicht sagen, daß ich Sie nicht gewarnt hätte. Kommen Sie, Janet, wir wollen weitermachen."
„Hallo – George!" Treleavens Stimme kam unter Knacken aus dem Kopfhörer. „Haben Sie die Klappen jetzt unten?"
„Wir sind gerade dabei, sie auszufahren, Captain" sagte Janet.
„Warten Sie. Ich habe vergessen, Ihnen was zu sagen. Wenn die Klappen unten sind, werden Sie Geschwindigkeit verlieren. Gehen Sie danach auch wieder auf 140. Bitte kommen."
„Kreuzdonnerwetter...", brach Spencer aus. „Wirklich reizend von ihm. Was der nicht alles weiß."
„Es geht wahrscheinlich turbulent zu dort unten", sagte Janet, die sich die Szene auf dem Flugplatz recht gut vorstellen konnte.
„Wir danken Ihnen, Captain", sagte sie ins Mikrophon. „Wir fangen jetzt an. Bitte kommen."
Auf ein Nicken von Spencer drückte sie den Hebel nach unten, so rasch es ging, während Spencer die Anzeige sorgsam überwachte.
„Gut. Nun zurück in die zweite Kerbe."
Aufmerksam beobachtete er die Geschwindigkeit, bis die Nadel ruhig auf 140 stehenblieb.
„Sagen Sie es ihm, Janet."
„Hallo, Vancouver. Unsere Klappen stehen jetzt auf 15 Grad, und die Geschwindigkeit ist 140."
„714 – sind Sie immer noch im Horizontalflug?"

Spencer nickte ihr zu. „Sagen Sie ihm: ja, mehr oder weniger."

„Hallo – Vancouver. Mehr oder weniger."

„Okay, 714. Nun kommt das Herauslassen des Fahrgestells. Dabei werden Sie das Gefühl dafür bekommen, wie sich die Maschine bei der Landung verhält. Versuchen Sie, die Höhe konstant zu halten und die Geschwindigkeit auf 140 zu lassen. Wenn Sie bereit sind – überzeugen Sie sich, daß Sie wirklich bereit sind! – lassen Sie das Fahrwerk heraus und gehen mit der Geschwindigkeit auf 120 zurück. Sie werden vielleicht die Gashebel etwas verschieben müssen, um das Tempo zu halten. Außerdem müssen Sie die Trimmung korrigieren. Ist das klar? Sagen Sie es mir, wenn Sie irgendeinen Zweifel haben. Bitte kommen."

„Fragen Sie ihn", sagte Spencer, „wie das mit der Propellerverstellung und dem Gemisch ist?"

Auf Janets Frage sagte Treleaven, seitlich zu Burdick gerichtet: „Auf jeden Fall denkt dieser Bursche. Das ist etwas wert." „Lassen Sie das vorläufig noch", sagte er ins Mikrophon. „Konzentrieren Sie sich ganz auf gleichbleibende Geschwindigkeit, solange die Räder und Klappen ausgefahren sind. Später machen wir Ihnen einen kompletten Cockpit-Check* für die Landung. Bitte kommen."

„Melden Sie, ich hätte verstanden", sagte Spencer. „Wir lassen jetzt das Fahrgestell raus." Besorgt blickte er auf den Wählschalter zu seinen Füßen. Es schien ihm ratsamer, beide Hände am Steuer zu behalten. „Janet, ich glaube, es ist besser, wenn Sie den Fahrgestell-Hebel bedienen und mir die Geschwindigkeit zurufen, sobald die Räder draußen sind."

Janet gehorchte.

Die Geschwindigkeit verringerte sich so plötzlich, als

* Kontrolle aller Instrumente und Hebel

hätte Spencer auf Bremsen getreten. Es zerrte sie fast aus ihren Sitzen.

„130 – 125 – 120 – 115... Zu langsam!"

„Rufen Sie weiter aus!"

„115 – 120 – 120... Gleichbleibend 120."

„Jetzt hab ich das Luder", keuchte Spencer. „Sie ist wie die Queen Mary."

Treleavens Stimme, der man leichte Nervosität anmerkte, kam wieder: „Alles okay, George? Das Fahrgestell sollte jetzt draußen sein?"

„Räder sind draußen, Vancouver."

„Jetzt müssen drei grüne Lichter aufleuchten. Sie zeigen Ihnen, daß die Räder gesichert sind. Außerdem ist auf der linken Seite des mittleren Instrumentenbretts ein Druckmesser, seine Nadel sollte im grünen Bereich stehen. Kontrollieren Sie das bitte!"

„Sind die Lichter an?" fragte Spencer. Janet schaute – dann nickte sie. „Sagen Sie es ihm, Janet."

„Ja, Vancouver. Alles in Ordnung."

„Und sagen Sie auch, daß sie immer noch wie ein nasser Schwamm ist. Nur jetzt noch mehr!"

„Hallo – Vancouver. Der Pilot sagt, das Flugzeug sei immer noch wie ein nasser Schwamm. Nur jetzt noch mehr."

„Regen Sie sich deswegen nicht auf. Wir werden jetzt die Klappen voll ausfahren. Sie werden dann bald die Eigenheiten des Schiffs erfaßt haben. Nun passen Sie genau auf. – Lassen Sie die Klappen ganz heraus und gehen Sie mit der Geschwindigkeit bis auf 110 Knoten zurück. Trimmen Sie die Maschine, um sie auf dieser Geschwindigkeit zu halten. Ich werde Ihnen dann Anweisungen geben, während Sie Fahrwerk und Klappen wieder einfahren. Bitte kommen."

„Sagten sie 110, Captain?" fragte Janet nervös.

„110 ist richtig, Janet. Folgen Sie genau meinen An-

weisungen, dann kann's nicht schiefgehen. Fertig – George?"
„Sagen Sie ihm: ja. Wir lassen jetzt die Klappen voll heraus."
Wieder drückte sie hart auf den Klappenhebel. Die Geschwindigkeit fiel zurück.
„120 – 115 – 115 – 110 – 110 ..."
Spencers Stimme klang gepreßt vor Willensanstrengung. „In Ordnung, Janet! Sagen Sie's ihm. – Bei Gott – der Kasten ist ein Tonnengewicht."
„Hallo, Vancouver. Die Klappen sind ganz draußen. Die Geschwindigkeit ist 110. Mr. Spencer sagt, die Maschine ist schwerer denn je."
„Es geht wunderbar, George! Wir machen aus Ihnen jetzt einen Airline-Piloten. Nun helfe ich Ihnen, alles wieder einzufahren, und dann machen wir das ganze Manöver noch einmal. Mit gewissen Varianten bezüglich Propeller, Gemisch usw. – okay? Bitte kommen."
„Noch einmal", stöhnte Spencer. „Ich weiß nicht, ob ich das ein zweites Mal schaffe. – Fertig, Janet..."
„Okay, Vancouver. Wir sind bereit."
„714 – wir machen es jetzt umgekehrt. Bringen Sie die Klappen auf 15 Grad und die Geschwindigkeit auf 120 Knoten. Sie werden das Gas leicht zurücknehmen müssen, um die Geschwindigkeit zu halten. Fangen Sie an."
Janet griff nach dem Klappenhebel und gab ihm einen kleinen Ruck. Er bewegte sich nicht. Sie bückte sich tiefer und versuchte es nochmals.
„Was ist los?" fragte Spencer.
„Er klemmt. Ich kann ihn diesmal einfach nicht bewegen."
„Das dürfte eigentlich nicht sein. Ziehen Sie ganz gleichmäßig."
„Es muß an mir liegen. Ich kann ihn nicht bewegen."
„Lassen Sie es mich machen!" Er nahm eine Hand vom

Steuer und zog den Hebel mühelos zurück. „So – haben Sie gesehen? Man muß es im Handgelenk haben. Nun müssen Sie es nur noch in die zweite Kerbe..."
„Passen Sie auf!" schrie Janet. „Die Geschwindigkeit!" Die Nadel stand auf 90 und fiel gerade auf 75.
Spencer stemmte sich gegen die plötzliche starke Neigung der Pilotenkabine. Er wußte, daß die Maschine durchsackte und zu trudeln begann...
Behalte den Kopf klar, befahl er sich streng. Denke! Wenn sie trudelt, ist es aus. Nach welcher Seite dreht sie sich? Es muß nach links sein. Versuche dich zu erinnern, was du in der Fliegerschule gelernt hast. Steuer vorwärts und hartes Gegenruder! *Steuer vorwärts!!* Behalte es vorn. Wir gewinnen ja schon an Tempo. Gegenruder... Jetzt! Beachte die Instrumente. Sie können nicht richtig anzeigen. Ich kann die Drehung doch fühlen! Nein – ich muß den Instrumenten trauen. Paß auf. Jetzt mußt du den Vogel hochziehen. So geht's. Komm jetzt, alte Lady, komm...
„Die Berge!" schrie Janet. „Ich kann die Erde sehen..."
Langsam hinauf, sagte sich Spencer. Langsam hinauf. Nicht zu schnell. Halte die Geschwindigkeit. Wir kommen heraus – wir kommen heraus! Vater im Himmel, wir kommen heraus...
„105 – 110 – 115...", sagte Janet würgend. „Es ist jetzt absolut schwarz. Wir müssen in Nebel oder etwas Ähnlichem sein."
„Ziehen Sie die Räder ein!"
„Die Berge! Wir müssen..."
„Ziehen Sie die Räder ein, sagte ich!!"
Krachend flog die Tür zur Pilotenkabine auf. Von hinten waren Schreie und ärgerliche Stimmen zu hören.
„Was machen Sie?" schrie eine Frau auf.
„Da ist was nicht in Ordnung! Ich gehe schauen, was los ist."

„Gehen Sie auf Ihren Platz zurück!" Das war Bairds Stimme.
„Lassen Sie mich durch!"
Die Silhouette eines Mannes füllte die Türöffnung. Er starrte in die Dunkelheit der Pilotenkabine. Er torkelte vorwärts, sich überall anklammernd, um sich aufrecht zu halten, und starrte plötzlich wie versteinert auf Spencers Hinterkopf und dann auf die beiden am Boden liegenden Männer. Sein Mund klappte tonlos auf und zu. Dann stürzte er zur offenen Tür zurück, klammerte sich an beiden Seiten fest und lehnte sich in die Passagierkabine hinaus. Seine Stimme war ein einziger Schrei:
„Er ist nicht der Pilot! Wir werden alle umkommen... Wir stürzen ab...!"

04 Uhr 20 - 04 Uhr 35

Die Neonlampen über dem Eingang des Empfangsgebäudes spiegelten sich auf der nassen Straße wider. Sie waren in weiche Lichthöfe gehüllt. Die breite Asphaltfläche, die zu dieser frühen Stunde normalerweise tot war – abgesehen von der gelegentlichen An- und Abfahrt eines Flughafen-Busses –, bot heute ein ganz anderes Bild.
An der Ausfahrt der Hauptstraße zum Flugplatz, auf der Festlandseite des Flusses, stand ein Polizeiwagen quer über der Straße. Sein Licht blinkte Dauerwarnung. Diejenigen Wagen, die zum Flughafen fahren durften, wurden von einem Wachtmeister zu Parkplätzen gelotst, die weit genug vom Empfangsgebäude entfernt lagen, um die Zufahrt zu diesem freizuhalten. Einige Männer unterhielten sich leise und stampften auf den Boden, um sich in der feuchten Nachtluft warm zu halten. Dabei beobachteten sie die von Zeit zu Zeit eintreffenden Feuerwehrwagen und Ambulanzen, die für ein paar Sekunden anhielten, um Befehle entgegenzunehmen. Ein leuchtend roter Bergungswagen lud Gerätschaften auf und setzte sich donnernd in Bewegung. Die Stille, die daraufhin eintrat, wurde bald wieder durch ein Autoradio unterbrochen. Klar tönte eine Stimme aus einem der Wagen, der wenige Schritte entfernt vorüberfuhr:
„Meine Damen und Herren! Hier ist die letzte Nachricht von Vancouver Airport. Die Behörden erklären,

daß die Maple Leaf-Maschine von einem ungeübten Piloten gelandet wird. Es besteht jedoch kein Grund zur Unruhe oder Panik in der Stadt. Alle Vorsichtsmaßregeln werden getroffen, um die Bewohner des Gebiets um den Flughafen zu verständigen. Gleichzeitig sind bereits Hilfskolonnen nach Sea Islands unterwegs. Bleiben Sie auf Empfang. Es folgen laufend weitere Durchsagen."
Ein schlammbespritzter Chevrolet bremste scharf vor dem Empfangsgebäude und bog dann zum Parkplatz ein. Seine Reifen kreischten auf, als er dort abrupt anhielt. Auf der linken Seite der Windschutzscheibe klebte ein roter Zettel: PRESSE.
Ein großer Mann mit vollem, grauem Haar stieg aus und schlug die Wagentür zu. Er ging eilig zur Anmeldung, nickte im Vorbeigehen dem Wachmann zu und trat ein. Er wich zwei Ärzten in weißen Kitteln aus, schaute sich suchend nach dem Schalter der Maple Leaf Airline um und ging dann rasch darauf zu. Am Schalter unterhielten sich zwei Männer mit einem uniformierten Angestellten der Airline. Der Mann tippte einem von ihnen auf die Schulter. Der wandte sich um und begrüßte ihn lächelnd.
„Wie steht's, Terry?"
„Ich habe schon alles, was ich weiß, ans Büro durchgegeben, Mr. Jessup", sagte der andere Mann, der wesentlich jünger aussah. „Das ist Ralph Jessup – Canadian International News", fügte er, zum Passagieragenten gewandt, hinzu.
„Wer hat die Sache hier in der Hand?" fragte Jessup.
„Ich glaube, Mr. Howard gibt gerade im Presseraum eine Erklärung ab", sagte der Passagieragent.
„Gehen wir", sagte Jessup, nahm den jüngeren Mann am Arm und zog ihn mit sich fort. „Schickt das Büro Kameraleute?" fragte er.

„Ja, aber alle anderen Agenturen auch. Sogar die Wochenschau wird rechtzeitig da sein."
„Hm. Erinnern Sie das Büro daran, daß auch über die eventuelle Evakuierung der Leute, die in der Nähe der Brücke wohnen, berichtet werden muß. Der Mann, der das macht, kann am Rand des Flugplatzes stehen. Wenn er auf den Zaun klettert, kann er vielleicht sogar ein oder zwei phantastische Aufnahmen von der Bruchlandung machen – und obendrein schneller wegkommen als die anderen. Was wissen Sie eigentlich über den Burschen, der die Maschine fliegt?"
„Es ist George Spencer aus Toronto. Das ist alles, was wir wissen."
„Schön. Das Weitere kriegen wir schon noch heraus. Bleiben Sie hier in der Empfangshalle. Klemmen Sie sich hinter einen Schalter und lassen Sie sich nicht hinauswerfen, was auch geschieht. Lassen Sie die Verbindung zum Büro nicht abreißen."
„Ja, Mr. Jessup, aber..."
„Ich weiß, ich weiß", sagte Jessup düster. „Aber so ist es nun einmal. Wenn im Presseraum der Sturm aufs Telefon beginnt, werden wir hier die Extraleitung brauchen."
Sein Mantel flatterte, als er mit gesenktem Kopf wie ein wütender Stier hinüber zum Presseraum steuerte. Dort waren bereits ein paar Reporter versammelt. Drei von ihnen sprachen, ein anderer ratterte auf einer der sechs oder acht Schreibmaschinen auf dem großen Mitteltisch, zwei weitere benützten die Telefonkabinen, die zu beiden Seiten des getäfelten Raums aufgestellt waren. Am Boden standen die Ledertaschen der Kameraleute.
„Nun", sagte Jessup grimmig, „was tut sich hier, Boys?"
„He, Jess", grüßte einer der Männer. „Wo ist Howard? Haben Sie ihn gesehen?"
„Er muß gleich hier sein." Jessup nahm sich eine Zigarette heraus. „Also – wer weiß was?"

„Wir sind eben erst gekommen", sagte Stephens vom „Monitor". „Ich rief im Büro des Kontrolleurs an und wurde zum Teufel geschickt."
„Ihr macht's euch nicht schwer", bemerkte Jessup, zündete die Zigarette an und spuckte ein Stückchen Tabak aus.
„Es ist zu spät für die Morgenblätter und mehr als zu früh für die Abendausgaben – außer, ihr gebt Extrablätter heraus. Es ist unschwer festzustellen, wer das Rennen macht." Er wies auf die beiden Männer in den Telefonkabinen. Einer war von der CP und einer von UPA. „Halt, Jess", sagte Stephens, „wenn man dir so zuhört, könnte man meinen..."
„Hört auf damit", fiel ihm Abrahams vom „Posttelegram" ins Wort. „Wir sollten lieber anfangen. Bald werden auch alle anderen hier sein, und dann können wir uns nicht mehr rühren."
Sie drehten sich um, als ein jüngerer Mann eintrat, der ein paar Papierstreifen in der Hand hielt. Es war Cliff Howard, temperamentvoll und energisch. Seine randlose Brille, sein Haarschnitt und seine fast englisch gemusterten Krawatten waren ein auf dem Flughafen gewohnter Anblick. Er lächelte den Reportern nicht zu, obwohl die meisten von ihnen seine persönlichen Freunde waren.
„Schön, daß ihr gewartet habt", sagte er.
„Wir waren nahe dran, die Geduld zu verlieren", gab Stephens zurück.
Die beiden Journalisten von CP und UPA hatten eilig ihre Gespräche beendet und traten zu den anderen.
„Schieß los, Cliff", sagte einer von ihnen.
Howard schaute Jessup an. „Wie ich sehe, kommst du auch direkt aus dem Bett, Jess", bemerkte er und deutete auf den Pyjama unter Jessups Jacke.
„Ja", sagte Jessup kurz. „Auf geht's, Cliff – pack aus!"

Howard warf einen flüchtigen Blick auf die Papiere in seiner Hand, dann auf die versammelten Männer. Auf seiner Stirn glänzte Schweiß. „Schön", sagte er. „Also: eine Maple Leaf Empress wurde in Toronto gechartert, um Besucher des heutigen Fußballspiels herzubringen. Auf der Strecke von Winnipeg nach hier erkrankten der Pilot und der Copilot. Ein Passagier sitzt am Steuer. Er hat auf diesem Flugzeugtyp keinerlei Erfahrung. Wir müssen ihn ‚heruntersprechen'. Captain Paul Treleaven, Cross-Canadas Chefpilot, hat die Aufgabe übernommen. Aber die Behörden hielten es für ratsam, Vorsichtsmaßnahmen zu treffen und das angrenzende Gebiet zu räumen. Außerdem steht für den Fall eines Unglücks zusätzliche Hilfe bereit."

Es entstand eine Pause.

„Und?" knurrte einer der Reporter.

„Ich glaube, da gibt's nichts weiter zu sagen", meinte Howard entschuldigend. „Wir werden alles tun, was wir können, und ich würde es sehr begrüßen, wenn..."

„Ich bitte dich, Cliff! Was erzählst du uns da?" protestierte Stephens. „Wie konnte es passieren, daß *beide* Piloten krank wurden?"

Howard zuckte unbehaglich die Achseln. „Wir wissen es noch nicht genau. Es kann sich um eine Art Magenverstimmung handeln. Wir haben Ärzte, die..."

„Nun hör mal", unterbrach ihn Jessup. „Jetzt ist wohl nicht die richtige Zeit, den Unwissenden zu spielen, Cliff. In dieser Story sind so viele Löcher, daß sie ein Schiff zum Sinken brächten. Alles, was du erzählst, wußte unsere Redaktion schon, bevor wir hierher kamen. Fangen wir noch mal von vorn an. Was ist Wahres an dem Gerücht von der Fischvergiftung?"

„Wer ist der Bursche, der den Vogel steuert?" fügte Abrahams hinzu.

Howard atmete tief. Er lächelte und machte eine dra-

matische Geste, als ließe er seine Notizen zu Boden flattern. „Schaut her, Jungens", sagte er, „ich will es euch erklären – ihr wißt, daß ich euch nichts vorenthalte, wenn es irgend möglich ist. Aber wir wollen nicht, daß die Sache verdreht wird. Was heute nacht passiert, ist ein außergewöhnlicher Notfall. Warum sollte ich das abstreiten? Alles, was menschenmöglich ist, wird getan, um das Risiko zu vermindern. Das ganze Unternehmen spiegelt den besten Willen der Flughafen-Organisation. Wirklich, ich habe noch nie so etwas..."
„Die Story – Howard!"
„Gleich, gleich. Aber ich möchte, daß ihr versteht, daß nichts von meinen Äußerungen als offizielle Verlautbarung zu werten ist. Weder von seiten des Flughafens noch der Maple Leaf Airline. Die Airline gibt sich redlichste Mühe, die Maschine sicher herunterzubringen." Ein Telefon schrillte. Niemand rührte sich. „Gut denn", sagte Howard. „Soviel ich weiß, brach im Flugzeug eine Krankheit aus, die möglicherweise durch Nahrungsmittelvergiftung verursacht wurde. Natürlich unternehmen wir..."
„Glauben Sie, daß die verdorbenen Lebensmittel an Bord des Flugzeuges serviert wurden?" fragte einer.
„Bis jetzt kann diese Frage nicht beantwortet werden. Alles, was ich euch sagen kann, ist folgendes: Die Empress startete in Toronto wegen Nebel ziemlich spät. Bei der Ankunft in Winnipeg war somit keiner der normalen Lieferanten mehr verfügbar. Deshalb wurde die Verpflegung von einer anderen Firma geliefert, darunter der Fisch. Und etwas von diesem Fisch, meine Herren, mag – ich wiederhole: *mag* verdorben gewesen sein. Der übliche Vorgang ist nun der, daß das Gesundheitsamt von Winnipeg die Angelegenheit untersucht."
„Was wissen Sie über den Burschen, der die Maschine jetzt fliegt?" wiederholte Abrahams.
„Bitte verstehen Sie", fuhr Howard fort, „daß die Maple

Leaf Airline die strengsten Hygiene-Vorschriften hat. Die Möglichkeit, daß solch ein Unfall geschieht, steht eins zu einer Million. Trotz der allerstrengsten..."
„Der Bursche am Steuer! – Wer ist er?"
„Alles zu seiner Zeit", sagte Howard kühl, als wollte er eine Flut von Fragen abwehren. „Die Flugzeugbesatzung ist eines der erfahrensten Teams der Maple Leaf, und wie Sie wissen, bedeutet das sehr viel. Captain Lee Dunning, Erster Offizier Peter Levinson und Stewardeß Janet Benson. Ich habe alle Einzelheiten zur Hand..."
„Spar dir das", sagte Jessup. „Wir werden das später mitnehmen." Zwei weitere Reporter stürzten in den Raum und drückten sich in die Gruppe. „Was ist an der Geschichte vom Passagier, der die Kiste fliegt??"
„Soviel ich weiß, wurde der Erste Offizier und dann der Captain krank. Glücklicherweise ist ein Passagier an Bord, der schon früher geflogen hat. Er hat die Steuerung mit bemerkenswertem Können übernommen. Sein Name ist George Spencer. Aus Winnipeg, nehme ich an. Er stieg dort zu."
„Wann, sagten Sie, hat er vorher geflogen?" beharrte Abrahams. „Sie meinen, er sei ein Ex-Airline-Pilot?"
„Nun – ja", gab Howard zu. „Ich glaube, er ist im Krieg auf kleineren Maschinen geflogen."
„Im Krieg? Mensch – das war vor zehn Jahren!"
„Was für kleinere Flugzeuge?" fragte Jessup.
„Spitfires, Mustangs, er flog sehr viel..."
„Halt! Das waren Jagdmaschinen. Ist dieser Mann Jagdpilot aus dem Krieg?"
„Fliegen bleibt Fliegen", warf Howard ärgerlich ein. „Er bekommt per Funk Anweisungen durch Captain Paul Treleaven, Cross-Canada-Chefpilot. Treleaven wird ihn heruntersprechen."
„Zum Teufel", sagte Jessup ungläubig, „die Empress ist ein viermotoriger Vogel. Wieviel PS hat sie?"

„Oh, ich glaube rund achttausend."
„Und Sie glauben ernsthaft, daß ein Kriegsflieger, der nur einmotorige Jäger geflogen hat, nach all den Jahren ein viermotoriges Linienflugzeug fliegen kann?"
Eine kleine Balgerei entstand, als zwei oder drei Reporter zu den Telefonkabinen rannten.
„Natürlich besteht ein gewisses Risiko", gab Howard zu. „Und deshalb auch die Vorsichtsmaßnahmen, die Räumung der Nachbarschaft... Die Lage ist ziemlich mulmig, muß ich ehrlich zugeben. Aber es besteht kein Grund zu..."
„Gewisses Risiko", machte Jessup nach. „Ich bin selbst ein bißchen geflogen – ich kann mir vorstellen, was der Bursche da oben durchmacht! Sag uns mehr über ihn."
Howard breitete die Hände aus. „Ich weiß weiter nichts über ihn als das."
„Was?" eiferte sich Stephens. „Das ist alles, was du weißt? Über einen, der versucht, ein Flugzeug voll... Übrigens, wieviel Leute sind an Bord?"
„59, glaube ich. Besatzung inbegriffen. Ich habe eine Kopie der Passagierliste für euch, wenn ihr nur..."
„Cliff", sagte Jessup grimmig, „wenn du ablenken willst..."
„Ich habe gesagt, Jess, das ist alles, was ich über den Mann weiß! Wir alle möchten gern mehr wissen. Nach der letzten Meldung scheint es so, als käme er ganz gut zurecht."
„Wie lange dauert es noch bis zum Absturz?" drängte Abrahams.
Howard wandte sich mit einem Ruck nach ihm um: „Reden Sie keinen Unsinn!" sagte er: „Sie werden in rund einer Stunde, vielleicht ein bißchen früher, hier sein."
„Bringt ihr sie auf dem Funk-Leitstrahl herein?"
„Ich weiß es nicht genau. Aber ich denke, Captain Treleaven wird ihn ohne weiteres heruntersprechen. Alles

ist bestens in Ordnung. Die Luftlinien sind umgeleitet worden, und der Flugplatz ist frei. Die Stadtfeuerwehr steht als zusätzliche Hilfe bereit. Nur so – für den Fall..."

„Angenommen, sie verfehlt die Piste und fällt ins Wasser?"

„Kaum. Aber die Polizei hat – um auch für diesen Fall vorbereitet zu sein – jedes verfügbare Boot alarmiert. Nie zuvor habe ich derart vollkommene Vorsichtsmaßregeln gesehen!"

„*Das* ist eine Story!" Abrahams verschwand in der nächsten Telefonzelle. Er hielt die Tür offen, während er wählte, damit er noch weiter zuhören konnte.

„Cliff", sagte Jessup mit einiger Sympathie für den Public-Relations-Mann, „wie lange wird der Sprit in dem Vogel reichen?"

„Weiß nicht. Aber es gibt noch einen Reservetank", antwortete Howard und löste seine Krawatte. Es klang nicht sehr überzeugend. Jessup schaute ihn einige Sekunden lang aus zusammengekniffenen Augen an. Dann kam ihm die Erleuchtung: „Moment! – Wenn an Bord Vergiftungen vorgekommen sind, dann hat es doch bestimmt nicht nur die beiden Piloten getroffen..."

„Ich brauche alle Hilfe, die ihr mir schicken könnt", sagte Abrahams ins Telefon. „Ich gebe euch Näheres durch, sobald ich was weiß. Wenn ihr für die erste Ausgabe genug habt, um abzuschließen, dann haltet im Schlußwort beide Möglichkeiten offen: entweder Absturz – oder Wunderlandung! Im übrigen abwarten. Okay? Verbindet mich mit Bert. Hallo – Bert. Bist du fertig? Dann los: In den frühen Morgenstunden erlebte Vancouver Airport...", begann er zu diktieren.

„Du, Jess", sagte Howard eilig, „das ist eine brenzlige Angelegenheit. Du kannst alles erfahren – aber sei um Himmels willen fair. Denen da oben zuliebe. Sie arbeiten wie verrückt. Sie tun alles, um denen im Flugzeug zu helfen."

„Du kennst uns, Cliff. Klar, daß wir dich nicht hintergehen. Nun sag schon: Wie geht es den Passagieren?"

„Ein paar von ihnen sind krank. Aber ein Arzt ist an Bord, der ihnen jede Hilfe gibt, die momentan möglich ist. Wir haben außerdem am Funkgerät ärztliche Ratgeber für den Fall, daß sie gebraucht werden. Die Stewardeß ist prima und hilft Spencer. Sie gibt die Nachrichten durch. Das ist nun im wesentlichen alles."

„So eine Vergiftung ist 'ne mächtig ernste Sache", setzte Jessup unbarmherzig fort. „Ich meine den Zeitfaktor und so."

„Richtig."

„Wenn diese Leute nicht verdammt schnell runterkommen, dann könnten sogar welche – sterben?"

„Ich glaube", stimmte Howard zu. Er preßte die Worte zwischen den Lippen hervor.

„Aber – aber das ist ja eine Weltsensation! Wie ist die Lage im Augenblick?"

„Vor etwa zehn, fünfzehn Minuten..."

„Hör auf damit", brummte Jessup. „Einige Minuten bedeuten viel in solch einer Situation. Wir wollen wissen, wie es jetzt aussieht, Cliff. Wer ist der diensttuende Kontrolleur? Ruf ihn an – sonst tue ich es, wenn dir das lieber ist."

„Nein, vorläufig nicht, Jess! Ich bitte! Ich sage dir, sie sind dort oben..."

Jessup packte den Public-Relations-Mann an der Schulter. „Du warst selbst Zeitungsmann, Cliff. Auf jeden Fall wird dies die größte Luftstory auf Jahre hinaus, und du weißt das auch. In einer Stunde wird hier die Hölle los sein. Diese Bude wird von Reportern, Wochenschau- und Fernsehleuten wimmeln. Du mußt uns jetzt informieren – es sei denn, du willst, daß wir uns auf dem ganzen Flugplatz breitmachen. Sag uns jetzt, wie es steht; dann kannst du eine Zeitlang schnaufen, während wir unsere Stories durchgeben."

„Okay, okay. Macht mir's doch nicht so schwer!" Howard griff nach dem Hörer eines Hausapparates, der auf dem Tisch stand. „Hier ist Howard. Kontrollraum bitte." Er zog, Jessup zugewendet, die Oberlippe herunter. „Wegen dir werde ich noch gesteinigt. Hallo – Control? Ist Burdick dort? Gib ihn mir, es ist eilig. Hallo, Harry? Hier spricht Cliff. Die Presse macht mich fertig. Ich kann sie euch nicht länger vom Hals halten. Sie wollen die jetzige Situation kennen. Sie wollen die Story noch in die Morgenblätter bringen."

„Sicher", schnarrte Burdick sarkastisch im Kontrollraum. „Sicher. Wir werden veranlassen, daß der Absturz sofort stattfindet. Alles für die Presse!"

„Sei nicht so, Harry", drängte Howard. „Die Jungens tun auch bloß ihre Arbeit."

Burdick ließ den Hörer sinken und sagte zum Kontrolleur, der mit Treleaven vor dem Funkgerät stand: „Mr. Grimsell, die Dinge werden für Cliff brenzlig. Ich möchte nicht von hier weggehen. Glauben Sie, Stan kann sich einen Moment Zeit nehmen und mit den Presseleuten reden?"

„Ich glaube ja", sagte der Kontrolleur. Er schaute zu seinem Assistenten hinüber. „Wie steht's? Es dürfte besser sein, die Burschen im Zaum zu halten. Sie könnten das schnell machen."

„Sicher, Sir. Ich gehe schon."

„Keinen Punkt zurückhalten", wies Burdick an. „Erzählen Sie ruhig alles. Mit Ausnahme dieses..." Er nickte zum Funkgerät hinüber.

„Verstehe. Überlassen Sie das nur mir." Der Assistent verließ den Raum.

„Der Assistent des Kontrolleurs kommt runter, Cliff."

Burdick legte den Hörer auf. Er wandte sich in seiner ganzen Breite den beiden Männern am Funkgerät zu. Er wischte sich mit einem zerknitterten Taschentuch über das Gesicht. „Bekommt ihr was herein?" fragte er mit gepreßter Stimme.
Treleaven schüttelte den Kopf. Er drehte sich nicht um. Sein Gesicht war grau und müde. „Nein", sagte er dumpf, „sie sind weg."
Der Kontrolleur wandte sich an einen anderen Mann: „Geben Sie an Calgary und Seattle ein dringendes Fernschreiben durch. Suchen Sie zu erfahren, ob man dort 714 noch empfangen kann."
„714 – 714. Vancouver Control an 714. Bitte kommen, 714!" rief der Mann am Funkgerät ununterbrochen ins Mikrophon.
Treleaven stützte sich auf den Tisch. Die Pfeife, die er in der Hand hielt, war erloschen. „Nun", sagte er müde, „das dürfte das Ende der Geschichte sein."
„714 – 714. Hören Sie mich? Bitte kommen, bitte kommen!"
„Viel kann ich jetzt nicht mehr vertragen", sagte Burdick. „Hier, Jonny", wandte er sich an einen der Angestellten, „holen Sie mir noch Kaffee – schwarz und stark."
„Ruhe!" rief der Radio-Operator.
„Haben Sie was?" fragte der Kontrolleur hastig.
„Ich weiß nicht. Eben dachte ich ..." Er beugte sich dicht über den Apparat und drehte minutenlang an der Feineinstellung. „Hallo – 714, 714 – hier ist Vancouver!" Er rief über die Schulter: „Ich höre etwas. Das können sie sein. Ich bin nicht sicher. Wenn sie's sind, dann sind sie von der Frequenz runter."
„Wir müssen es riskieren", sagte Treleaven. „Sagen Sie ihnen, sie sollen die Frequenz wechseln."
„Flug 714", rief der Operateur, „hier ist Vancouver,

hier ist Vancouver. Wechseln Sie Ihre Frequenz auf 128,3. Verstehen Sie? Frequenz 128,3!"
Treleaven wandte sich an den Kontrolleur. „Verlangen Sie bei der Air Force noch einen Radar-Check", schlug er vor. „Sie müßten jetzt bald auf unserem Schirm sein."
„714. Wechseln Sie auf Frequenz 128,3. Bitte kommen!" wiederholte der Funker.
Burdick setzte sich schwer auf die Tischkante. „Das kann nicht sein, das kann nicht sein...", protestierte er mit gebrochener Stimme. „Wenn wir sie verloren haben, dann sind sie erledigt – jeder einzelne von ihnen ist erledigt..."

04 Uhr 35 - 05 Uhr 05

Wie in einem Alptraum, besessen von rasender Verzweiflung, die Zähne zusammengebissen, das Gesicht schweißbedeckt, so kämpfte Spencer darum, die Kontrolle über das Flugzeug wiederzugewinnen. Die eine Hand am Gashebel, die andere fest ums Steuerhorn geklammert. In seinem Innern kämpfte die Empfindung, etwas Unwirkliches zu erleben, mit wachsendem Ärger und Widerwillen. Was war geschehen? Er hatte nicht nur rasend schnell die Höhe verloren, sondern praktisch auch die ganze Fahrtgeschwindigkeit. Sein Verstand weigerte sich, zu bedenken, was in den letzten zwei Minuten hätte geschehen können.
Irgend etwas hatte sich ereignet, das ihn verwirrte. Das war alles, woran er sich erinnern konnte. Oder war das nur eine Entschuldigung vor sich selbst? Er konnte in diesen paar Sekunden gar nicht so viel Höhe verloren haben. Schon vorher mußten sie ständig im Sinken gewesen sein, obwohl es nicht lange her war, seit er das Variometer das letztemal überprüft hatte. Oder hatte das Instrument nicht funktioniert? Oder lag es am Gas? Plötzlich spürte er den unbezähmbaren, immer stärker werdenden Wunsch, zu schreien. Zu schreien wie ein Kind. Die Steuer im Stich lassen. Diesem hämischen Flackern der Instrumentennadeln zu entfliehen, sich nicht mehr um dieses ganze Chaos von Anzeigegeräten zu kümmern und einfach davonzulaufen. Zurückzurennen in den warmen, freundlich erleuchteten Passagier-

raum des Flugzeuges und zu schreien: „Ich kann es nicht machen. Keinem Menschen kann man zumuten, das hier zu tun...!"

„Wir gewinnen langsam Höhe", kam Janets Stimme sichtlich erleichtert.

Spencer erinnerte sich plötzlich daran, daß jemand neben ihm saß. Und erst in diesem Moment drangen auch die Schreie einer Frau hinten im Passagierraum in sein Bewußtsein. Wilde, wahnsinnige Schreie.

Er hörte einen Mann rufen: „Es ist nicht der Pilot! Beide sind ausgefallen. Beide Piloten! Wir sind geliefert!"

„Halten Sie das Maul und setzen Sie sich!" Das war Bairds scharf klingende Stimme.

„Sie haben mir nichts zu befehlen!"

„Ich sagte: gehen Sie zurück und setzen Sie sich!"

„Schon gut", kam die ölige Stimme von Otpot, dem Lancashire-Mann. „Überlassen Sie ihn nur mir, Doktor. Nun, Sie..."

Spencer schloß einen Moment die überanstrengten Augen, um danach die beleuchteten Instrumentennadeln, die vor ihm tanzten, wieder klarer sehen zu können. Er war, konstatierte er mit Bitterkeit, total erledigt. Ein Mann kann Jahre damit zubringen, von einer Stadt zur anderen zu hasten, immer unterwegs zu sein und sich einzureden, er wäre diesem Leben niemals gewachsen, wenn nicht sein Körper absolut auf der Höhe wäre. Doch wenn dann zum erstenmal eine Krise eintritt, wenn zum erstenmal wirkliche Anforderungen an den Körper gestellt werden, bricht er zusammen. Und dies ist das Grausamste: das Bewußtsein, daß die Körperkräfte nicht mehr mitmachen, und sich vorzukommen wie ein altes Auto, das im Begriff ist, rückwärts den Berg hinunterzu rollen.

„Entschuldigen Sie", sagte Janet.

Spencer, der sich noch immer gegen das Steuer stemmte, warf ihr einen überraschten Blick zu. "Was?" fragte er stumpfsinnig.
Das Mädchen saß ihm zugewandt. Im grünlichen Licht des Instrumentenbrettes erschien ihr blasses Gesicht fast durchsichtig.
"Entschuldigen Sie, daß ich das alles so gemacht habe", sagte sie einfach. "Es war schlimm für Sie. Ich – ich konnte nichts dafür..."
"Keine Ahnung, wovon Sie reden", sagte er rauh. Er wußte nichts weiter zu sagen. Er schämte sich. Der weibliche Passagier hinten schluchzte jetzt laut.
"Ich versuche, den Kahn so schnell in die Höhe zu bringen, wie ich kann. Aber ich wage es nicht, zu schnell zu steigen! Sonst sacken wir wieder ab!"
Unter dem Donnern der Motoren kam Bairds Stimme von der Tür her: "Was ist bei euch eigentlich los? Ist alles in Ordnung?"
"Tut mir leid, Doktor", sagte Spencer. "Ich konnte das Ding einfach nicht halten. Ich glaube aber, jetzt ist es okay."
"Versuchen Sie wenigstens, waagrecht zu bleiben", beklagte sich Baird. "Wir haben schließlich kranke Leute an Bord."
"Es war mein Fehler", sagte Janet. Sie sah, daß Baird vor Erschöpfung schwankte und sich am Türpfosten festhielt.
"Nein", protestierte Spencer. "Wenn Sie nicht gewesen wären, wären wir abgestürzt. Ich beherrsche dieses Ding nicht. Das ist alles."
"Unsinn", sagte Baird kurz. Sie hörten einen Mann schreien: "Geht ans Funkgerät!" Der Arzt rief laut in den Passagierraum hinein: "Nun hören Sie alle mal zu. Eine Panik wäre das Schlimmste, was uns jetzt passieren könnte – und das Tödlichste!"

Dann schlug die Tür zu und schnitt seine Stimme ab.
„Das war eine gute Idee", sagte Janet ruhig. „Ich sollte mit Captain Treleaven in Verbindung bleiben."
„Ja", stimmte Spencer zu. „Sagen Sie ihm, was passiert ist, und daß wir dabei sind, wieder Höhe zu gewinnen."
Janet stellte den Mikrophonknopf auf „Senden" und rief Vancouver an. Es kam keine Antwort. Sie rief wieder. Nichts war zu hören.
Spencer spürte Angst in sich aufsteigen. Er befahl sich selbst, sie zu unterdrücken.
„Was ist los?" fragte er Janet. „Sind Sie sicher, daß Sie durchkommen?"
„Ja, ich glaube."
„Blasen Sie ins Mikrophon. Wenn es in Ordnung ist, können Sie das hören."
Sie tat es. „Ja, es ist zu hören. Hallo – Vancouver!! Hallo – Vancouver! Hier ist 714. Können Sie mich hören? Bitte kommen."
Ruhe.
„Hallo – Vancouver. Hier ist 714. Bitte antworten! Bitte kommen!"
Immer noch Ruhe.
„Lassen Sie mich", sagte Spencer. Er nahm die rechte Hand von den Gashebeln und drückte auf seinen Mikrophonknopf. „Hallo – Vancouver! Hier ist Spencer, 714. Notruf! Bitte kommen!"
Die Stille schien greifbar und undurchsichtig wie eine Wand. Es war, als seien sie die einzigen Menschen in der ganzen Welt.
„Der Sendeanzeiger schlägt aus", sagte Spencer. „Ich bin sicher, daß wir richtig senden." Nochmals versuchte er es – wieder ohne Resultat. „Ich rufe alle Stationen. Mayday – mayday – mayday! Hier ist Flug 714 in ernsten Schwierigkeiten. Irgend jemand kommen! Bitte kommen!"

Der Äther schien absolut tot.

„Damit ist alles klar, Janet. Wir sind von der Frequenz abgekommen."

„Wie konnte das passieren?"

„Fragen Sie mich nicht. In unserer Lage kann alles passieren. Sie müssen alle Frequenzen durchprobieren, Janet."

„Ist das nicht zu gewagt? Unsere Frequenz zu wechseln?"

„Meiner Ansicht nach ist sie schon gewechselt. Keine Ahnung, wie das passieren konnte. Ich weiß nur das eine: Ohne Funk kann ich die Nase dieses Vogels getrost gleich jetzt runterdrücken, um endlich Schluß zu machen. Ich habe keine Ahnung, wo wir sind. Und wenn ich's wüßte, würde es nichts nützen, weil ich die Maschine nicht heil runterbringe."

Janet glitt aus ihrem Sitz, zog die Schnur des Kopfhörers hinter sich her und trat ans Funkgerät. Im Kopfhörer krachte und krächzte es.

„Ich hab jetzt alle Frequenzen versucht", sagte Janet schließlich.

„Machen Sie weiter", sagte Spencer. „Sie *müssen* etwas bekommen. Wenn's nötig ist, werden wir auf jedem einzelnen Kanal * rufen."

Weit, weit weg war plötzlich seine Stimme.

„Warten Sie, Janet! Was ist das?"

Janet drehte eilig zurück.

„Stellen Sie's stärker ein!"

„... auf 128,3", sagte die Stimme, stärker werdend. „Vancouver Control an Flug 714. Wechseln Sie Ihre Frequenz auf 128,3. Wiederholen Sie bitte. Bitte kommen."

„Behalten Sie das!" sagte Spencer zu Janet. „Ist das so die richtige Einstellung? Dem Himmel sei Dank! Bestätigen Sie's ganz schnell ... schnell!"

---

* Gemeint: auf jeder einstellbaren Frequenz

Janet kletterte in ihren Sitz zurück und rief hastig. „Hallo – Vancouver. 714 antwortet. Empfangen Sie laut und klar? Bitte kommen."
Sofort kam Vancouver zurück. Die Stimme des Funkers klang so, als habe der Mann eben tief aufgeatmet.
„714? Hier ist Vancouver. Wir haben Sie verloren. Was war passiert? Bitte kommen."
„Vancouver – wir sind froh, Sie zu hören", sagte Janet und hielt sich die Stirn, „wir hatten allerhand Schwierigkeiten. Die Maschine ist abgesackt, und wir kamen von der Frequenz runter. Aber jetzt ist alles wieder in Ordnung – bis auf die Passagiere. Sie haben es nicht sonderlich gut aufgenommen. Wir steigen wieder. Bitte kommen."
Diesmal war Treleaven am Apparat. Er sprach in derselben vertrauenerweckenden und gemessenen Weise wie vorher. Durch seine Stimme klang jetzt ein Unterton enormer Dankbarkeit mit dem Schicksal. „Hallo – Janet", sagte er. „Ich bin froh, daß Sie die gute Idee hatten, Sie könnten von der Frequenz runter sein. George – ich habe Sie vorhin auf die Gefahr des Geschwindigkeitsverlustes aufmerksam gemacht! Sie müssen die Fluggeschwindigkeit dauernd beobachten. Noch was: Wenn Sie abgesackt waren und die Maschine wieder fangen konnten, dann haben Sie das Gefühl als Pilot noch nicht verloren."
„Haben Sie das gehört?" fragte Spencer ungläubig zu Janet hinüber. Sie wechselten ein nervöses, verzerrtes Lächeln.
Treleaven fuhr fort: „Wahrscheinlich haben Sie ein bißchen Angst gehabt. Verschnaufen Sie einen Moment. Während Sie Höhe gewinnen, möchte ich, daß Sie ein paar Instrumente ablesen und mir die Werte durchgeben. Also fangen wir mit der Tankanzeige an."
Während Captain Treleaven die Informationen wieder-

holte, die er anforderte, öffnete sich wieder die Tür der Pilotenkabine, und Baird schaute herein. Er wollte beiden etwas sagen. Aber er bemerkte, daß sie ihre Aufmerksamkeit auf das Instrumentenbrett konzentrierten. Er trat vollends ein, schloß die Tür hinter sich und ließ sich neben dem Piloten und dem Ersten Offizier auf ein Knie nieder. Er benützte seinen Augenspiegel als Taschenlampe, um ihre Gesichter zu betrachten. Dun hatte sich zum Teil aus seinen Decken gewickelt und lag stöhnend, mit angezogenen Knien, auf seinem Lager. Pete schien bewußtlos zu sein.
Der Doktor zog die Decken zurecht, wickelte die beiden Kranken wieder ein, wischte ihre Gesichter mit einem feuchten Handtuch ab und überlegte. Dann richtete er sich auf und stützte sich mit der Hand gegen die schräge Decke.
Janet gab Zahlen durchs Mikrophon. Ohne ein Wort zu verlieren, ging der Doktor hinaus. Sorgfältig schloß er hinter sich die Tür. Draußen, im Passagierraum, glich die Szene nun mehr einer Unfallstation als der Kabine eines Linienflugzeuges. Die kranken Passagiere waren in dicke Wolldecken gehüllt. Man hatte ihre Sitze so weit wie möglich zurückgelegt. Ein oder zwei Kranke waren fast bewußtlos und atmeten schwer. Andere stöhnten gequält, während Freunde oder Verwandte um sie bemüht waren und immer wieder die feuchten Tücher auswechselten.
Otpot beugte sich über den Mann, den er eben in seinen Sitz zurückgeworfen hatte, und hielt ihm eine Predigt:
„Ich tadele Sie nicht, sehen Sie. Manchmal ist's besser, sich Luft zu machen. Aber man kann doch nicht anfangen zu schreien vor den armen Leuten – vor allem vor den Damen! Der alte Doktor hier ist ein Pfundskerl, und dasselbe gilt für die beiden, die vorn sitzen und fliegen. Auf alle Fälle müssen wir diesen Leuten vertrauen,

wenn wir nach allem, was passiert ist, überhaupt noch runterkommen wollen!"

Der Passagier, der doppelt so groß war wie Otpot, schien vorübergehend gebändigt zu sein und starrte steinern auf sein eigenes Spiegelbild im Kabinenfenster neben seinem Sitz.

Der forsche kleine Lancashire-Mann kam zum Arzt, der ihm dankbar auf den Arm klopfte. „Sie sind ja beinahe ein Hexenmeister!" sagte Baird.

„Ich habe mehr Angst als er", versicherte Otpot freimütig. „Eins ist klar: wenn *Sie* nicht bei uns wären, Doktor..." Er zog eine eindrucksvolle Grimasse. „Was haben Sie jetzt vor?" fragte er dann.

„Ich weiß es nicht", antwortete Baird. Sein Gesicht war finster. „Vorn die beiden hatten Schwierigkeiten. Es ist nicht verwunderlich. Ich nehme an, Spencer fühlt sich nicht sehr wohl in seiner Haut. Er trägt mehr Verantwortung als irgendeiner von uns."

„Wie weit haben wir's noch?"

„Keine Ahnung. Ich habe jedes Zeitgefühl verloren. Aber wenn wir auf Kurs sind, dann kann es nicht mehr allzu lange dauern. Mir kommt es vor, als wären es Tage."

Otpot sagte so leise wie möglich: „Was meinen Sie? Haben wir überhaupt eine Chance?"

Baird wies die Frage müde ab. „Warum fragen Sie *mich*? Es gibt immer eine Chance. Aber ein Flugzeug nur in der Luft zu halten – oder es herunterzubringen, ohne es in Stücke zu schlagen... das ist ein gewaltiger Unterschied."

Baird beugte sich über Mrs. Childer. Unter der Decke suchte er ihr Handgelenk und fühlte ihr den Puls. Sein Gesicht war unbeweglich. Die Frau hatte trockene Haut und atmete schnell und flach. Ihr Mann, grau im Gesicht, sagte: „Doktor, gibt es wirklich nichts, was wir für sie tun können?"

Baird betrachtete die geschlossenen, eingesunkenen

Augen der Kranken. Langsam sagte er: „Mr. Childer, Sie haben das Recht, die Wahrheit zu hören. Sie sind ein verständiger Mann. Ich werde es Ihnen geradeheraus sagen. Wir fliegen zwar, so schnell es möglich ist. Aber selbst im besten Fall kann ich für das Leben Ihrer Frau nicht garantieren."
Childers Mund bewegte sich wortlos.
„Sie verstehen das doch", wandte Baird bedächtig ein. „Ich habe getan, was ich konnte, und ich werde auch weiter tun, was ich kann. Aber das ist leider sehr wenig. Wenn ich ihr Morphium gegeben hätte, dann hätte ich – vielleicht – die Qualen Ihrer Frau mildern können. Jetzt – falls das ein Trost für Sie ist – hat die Natur uns diese Arbeit abgenommen."
Childer fand die Stimme wieder. „Keine Selbstvorwürfe", protestierte er. „Was auch geschehen mag – ich bin Ihnen dankbar, Doktor."
„Natürlich ist er das", wandte Otpot herzlich ein. „Wir alle sind Ihnen dankbar. Keiner hätte mehr tun können als Sie, Doktor."
Baird lächelte matt, seine Hand lag auf der Stirn der Frau. „Freundliche Worte können auch nichts ändern", sagte er rauh. „Sie sind ein tapferer Mann, Mr. Childer, und ich bewundere Sie. Aber versuchen Sie nicht, sich selbst zu täuschen."
Der Augenblick der Wahrheit – dachte er bitter. So sieht er aus. Ich wußte, daß er heute nacht kommen würde. Und ich wußte auch tief im Innern, daß ich ihm standhalten würde. So schmeckt also die reine Wahrheit. Keine Spur von romantischem Heldenmut... Noch ehe eine Stunde vergangen sein wird, sind wir wahrscheinlich alle tot. Zum mindesten werde ich dann als das erscheinen, was ich bin: ein elender Versager. *„Als die Stunde kam, war er ihr nicht gewachsen."* Ein perfekter Nachruf, das muß man sagen!

„Ich versichere Ihnen", sagte Childer pathetisch, „wenn wir aus dieser Sache heil herauskommen, werde ich dafür sorgen, daß jeder weiß, was wir Ihnen zu danken haben!"
Baird sammelte seine Gedanken. „Was ...?" brummte er. „Ich würde viel darum geben, wenn ich zwei oder drei Packungen Bittersalz an Bord hätte." Er richtete sich auf. „Machen Sie so weiter, Mr. Childer. Überzeugen Sie sich immer wieder davon, daß Ihre Frau warm liegt. Halten Sie ihre Lippen feucht. Wenn Sie sie dazu bringen können, von Zeit zu Zeit etwas Wasser zu trinken, um so besser. Vergessen Sie nicht, daß sie ein gefährliches Maß an Körperflüssigkeit verloren hat."

In diesem Augenblick war Harry Burdick im Kontrollraum von Vancouver dabei, seine eigene Körperflüssigkeit mit einem weiteren Becher Kaffee zu ersetzen. Treleaven hatte jetzt außer dem Mikrophon, das er in der Hand hielt, auch noch einen Kopfhörer um, an dem ein kleines Mikrophon befestigt war. Dort hinein fragte er: „Radar! – Haben Sie irgend etwas?"
In einem anderen Teil des Gebäudes saß der Radar-Chefoperateur mit einem Assistenten vor einem Radarschirm für weite Entfernungen und antwortete in ruhigem Konversationston: „Überhaupt nichts."
„Das verstehe ich nicht", sagte Treleaven, zum Kontrolleur gewandt. „Sie müßten jetzt im Radarbereich sein."
„Vergessen Sie nicht", warf Burdick ein, „daß er Geschwindigkeit verloren hat."
„Ja, das ist schon richtig", stimmte Treleaven zu. Dann sprach er in das kleine Mikrophon: „Radar – lassen Sie mich sofort wissen, wenn Sie etwas haben!"
Zum Kontrolleur: „Ich kann es nicht riskieren, ihn durch die Wolken runterzubringen, ohne zu wissen, wo er ist.

Bitten Sie die Air Force um einen weiteren Check, Mr. Grimsell."

Er nickte dem Funker zu: „Verbinden Sie mich wieder! Hallo – 714. George, hören Sie jetzt gut zu. Wir gehen jetzt die ganze Sache nochmals durch. Aber vorher will ich noch ein paar Dinge erklären, die Sie vielleicht vergessen haben, oder die nur bei großen Flugzeugen vorkommen. Hören Sie mich? Bitte kommen."

Janet antwortete: „Fangen Sie an, Vancouver. Wir hören genau zu. Bitte kommen."

„Allright, 714. Bevor Sie landen können, müssen verschiedene Prüfungen und Korrekturen vorgenommen werden. Ich sage Ihnen später, wann und wie das zu machen ist. Ich wiederhole jetzt nochmals einiges, um Sie vorzubereiten. Zuerst muß die hydraulische Pumpe eingeschaltet werden. Dann muß der Bremsdruck etwa 900 bis 1000 Pfund pro Quadrat-Inch anzeigen. An einige dieser Dinge werden Sie sich vielleicht aus Ihrer Jagdflugzeugpraxis erinnern, aber ein Auffrischungskursus kann nicht schaden. Wenn das Fahrwerk herausgelassen ist, drehen Sie die Benzinpumpen an und kontrollieren, ob der Durchfluß ausreicht. Zuletzt stellen Sie das Gemisch auf ‚reich' und regulieren die Propellerverstellung. Haben Sie das alles verstanden? Wir werden es Schritt für Schritt machen, so daß Janet die Schalter stellen kann. Ich werde Ihnen jetzt sagen, wo sie zu finden sind. Fangen wir an..."

Janet und Spencer fanden mit Treleavens Hilfe alle Schalter.

„Sagen Sie ihm, wir haben sie geprüft, Janet."
„Hallo – Vancouver. Es ist alles klar."
„Gut, 714. Es bestehen also über die Stellung all dieser Hebel keinerlei Zweifel mehr, Janet? Sind Sie ganz sicher? Bitte kommen."
„Hallo – Vancouver. Ja, ganz sicher. Bitte kommen."

„714. Vergewissern Sie sich nochmals, daß Sie in horizontalem Flug sind. Bitte kommen."
„Vancouver – ja. Wir fliegen horizontal und über den Wolken."
„Also, George, lassen Sie uns die Klappen wieder auf 15 Grad stellen. Geschwindigkeit 140. Wir gehen die ganze Fahrgestellprozedur nochmals durch. Überwachen Sie diesmal die Geschwindigkeit wie ein Luchs! Wenn Sie bereit sind, fangen wir an."
Grimmig begann Spencer mit der Prozedur. Er folgte konzentriert jeder Anweisung, während Janet ihm besorgt die Geschwindigkeit zurief und die Klappen- und Fahrwerkhebel bediente. Nochmals fühlten sie den starken Druck, als die Geschwindigkeit gebremst wurde.
Im Osten tasteten sich die ersten Streifen eines schwachen Tageslichtes herauf.

Im Kontrollraum von Vancouver trank Treleaven den ersten Schluck kalten Kaffee. Er nahm von Burdick eine Zigarette an und blies den Rauch geräuschvoll von sich. Er sah überanstrengt aus.
„Wie schaut's jetzt aus?" fragte der Airline-Manager.
„Nicht schlecht. Besser konnten wir's nicht erwarten", antwortete der Captain. „Aber die Zeit ist gefährlich kurz. Er müßte mindestens ein dutzendmal die Klappen und das Fahrwerk aus- und einfahren. Mit etwas Glück bringen wir es auf dreimal, bevor er da ist. Sofern er auf Kurs bleibt."
„Werden Sie mit ihm Anflüge trainieren?" warf der Kontrolleur ein.
„Ich muß. Zumindest zwei oder drei. Ich würde sonst keinen roten Heller für seine Chancen geben; bei der Erfahrung, die er mitbringt. Mal sehn, wie er sich macht. Andererseits..." Treleaven zögerte.

Burdick warf seine Zigarette auf den Boden und trat sie aus. „Andererseits was?" fragte er.
Treleaven umging die Antwort. „Es ist besser, den Tatsachen ins Gesicht zu sehen", sagte er. „Der Mann dort oben hat vor Angst fast den Verstand verloren, und mit gutem Grund. Wenn seine Nerven nicht durchhalten, wird's besser sein, auf dem Ozean zu wassern."
„Aber der Aufprall...", rief Burdick. „Und die kranken Leute – und das Flugzeug! Es würde einen Totalverlust bedeuten!"
„Mit Risiken müssen Sie rechnen", sagte Treleaven eisig und blickte dem rundlichen Manager scharf in die Augen. „Wenn unser Freund über die Rollbahn hinausschießt, müssen Sie das Flugzeug sowieso abschreiben."
„Harry hat das nicht so gemeint", mischte sich der Kontrolleur hastig ins Gespräch.
„Zum Teufel nein, wirklich nicht", sagte Burdick unbehaglich.
„Außerdem besteht die Gefahr", fuhr Treleaven fort, „daß – wenn er *hier* aufschlägt – garantiert Feuer ausbricht und wir froh sein müßten, wenn wir überhaupt einen Menschen retten. Wir müssen darauf gefaßt sein, daß er außerdem noch am Boden allerhand mitreißt. Wenn er dagegen auf dem Ozean heruntergeht, bricht das Flugzeug zwar auseinander – aber wir haben die Chance, einige Passagiere zu retten, wenn auch nicht die Schwerkranken. Bei diesem leichten Nebel und annähernder Windstille wird das Wasser glatt sein und den Aufprall mildern. Durch Radar können wir ihn für die Bauchlandung so nahe wie möglich an die Rettungsboote heranbringen."
„Verlangen Sie die Navy!" befahl der Kontrolleur seinem Assistenten. „Außerdem die Air Force. Die Luft-Seehilfe ist schon in Bereitschaft. Sie sind ausgefahren und warten auf Anweisungen durch Funk."

„Trotz alledem möchte ich es nicht tun", sagte Treleaven. Er drehte sich zur Wandkarte um. „Es würde darauf hinauslaufen, daß wir die kranken Passagiere einfach aufgeben. Wir könnten das Glück haben, sie herauszubekommen, bevor das Flugzeug sinkt, aber..."
Er sprach in sein kleines Mikrophon: „Radar! – Haben Sie etwas?"
„Immer noch nichts", kam die ruhige, unpersönliche Antwort. Dann: „Halt – warten Sie einen Moment! Das könnte er sein. Ja, Captain, ich habe ihn jetzt. Er ist zehn Meilen südlich vom Kurs. Lassen Sie ihn nach rechts gehen, auf einen Kurs von 265 Grad."
„Gut gemacht", sagte Treleaven anerkennend. Er gab dem Funker einen Wink, damit er die Verbindung zur Maschine wiederherstellte. In diesem Augenblick rief der Funker: Die Air Force meldet Sichtkontakt, Sir! Voraussichtliche Ankunftszeit in 38 Minuten."
„Gut!" Treleaven nahm das Handmikrophon vom Tisch. „Hallo – 714! Haben Sie die umgekehrte Prozedur mit Klappen und Fahrwerk durchgeführt? Bitte kommen."
„Ja – Vancouver! Bitte kommen." Janets Stimme.
„Hat diesmal alles geklappt? Sind Sie in horizontaler Lage geblieben?"
„Alles in Ordnung, Vancouver, sagt der Pilot!" Sie hörten, daß Janet ein kleines, nervöses Lachen von sich gab.
„Gut, 714. Wir haben Sie jetzt auf dem Radarschirm. Sie befinden sich zehn Meilen südlich vom Kurs. Drehen Sie nun vorsichtig nach rechts, benützen Sie die Gashebel, um die gegenwärtige Geschwindigkeit zu halten und das Flugzeug auf einen Kurs von 265 Grad zu bringen. Ich wiederhole. 265 Grad. Ist das klar? Bitte kommen."
„Verstanden, Vancouver."
Treleaven warf einen flüchtigen Blick durchs Fenster.

Die Dunkelheit draußen begann sich langsam zu lichten. „Gott sei Dank", sagte er, „sie werden ein bißchen was sehen – wenn auch erst in den letzten Minuten."
„Jetzt muß alles bereit sein", sagte der Kontrolleur. Er rief seinen Assistenten: „Sagen Sie auf dem Turm Bescheid. Sie sollen die Feuerwehrleute alarmieren!" Dann, zum Telefonisten gewandt: „Geben Sie mir die Stadtpolizei."
„Und mir anschließend Howard im Presseraum", fügte Burdick hinzu. Dann zu Treleaven: „Wir werden die Burschen am besten auf die Möglichkeit einer Wasserung aufmerksam machen, bevor sie überstürzt eigene Entschlüsse fassen. Nein – warten Sie!"
Er starrte den Captain an. „Es würde bedeuten, daß wir die kranken Passagiere abschreiben. Wenn wir das sagen, kann ich mich gleich aufhängen!"
Treleaven hörte ihm nicht zu. Er hatte sich auf einen Stuhl fallen lassen, stützte den Kopf in die Hände und nahm das verworrene Gemurmel ringsum nicht mehr wahr. Aber beim ersten Knistern im Lautsprecher kam wieder Leben in ihn. Er sprang auf die Füße und nahm das Mikrophon zur Hand.
„Hallo – Vancouver", rief Janet. „Wir halten nun den Kurs von 265, wie angegeben. Bitte kommen."
„714 – das ist fein", sagte Treleaven mit warmer Heiterkeit. „Sie machen es ausgezeichnet. Lassen Sie es uns noch mal wiederholen. Wollen wir? Es wird das letztemal sein, bevor Sie den Flughafen erreichen. Also machen Sie's gut, George!"
Der Kontrolleur stand am Telefon und sagte mit großem Nachdruck: „Ja – sie werden etwa in einer halben Stunde hier sein. Das Schauspiel beginnt ..."

05 Uhr 05 - 05 Uhr 25

Spencer versuchte, seine schmerzenden Beine ein wenig zu entspannen. Sein ganzer Körper war wie gerädert. Durch seine Furcht und die Anstrengung, sich zu konzentrieren, hatte er unnötig viel Energie verbraucht. Seine Finger waren eingeschlafen. Sie zitterten und waren gefühllos. Während er die unruhigen Bewegungen der Instrumente überwachte, stieg vor seinen Augen beständig ein Lichtfleck auf und sank langsam zurück wie eine Baumwollflocke. Die ganze Zeit über hörte er jetzt die innere Stimme – so klar wie jene im Kopfhörer – einen eindringlichen Monolog sprechen.
‚Was immer du tust', sagte sie, ‚gib nicht nach! Wenn du weich wirst, bist du erledigt. Denke daran; im Krieg hast du das oft erlebt. Du dachtest: jetzt ist es aus. Und dann war doch jedesmal noch eine letzte Energiereserve da, von der du vorher nie etwas gewußt hattest...'
Er zwang sich zu sprechen: „Wie ging's diesmal?" fragte er Janet. Er wußte, daß er kurz vor dem Zusammenbruch stand. Sie schien zu ahnen, was die Frage bedeutete: „Wir haben es ausgezeichnet gemacht, finde ich", sagte sie gedehnt. „Ich hatte den Eindruck, Captain Treleaven war ganz vergnügt, nicht wahr?"
„Ich habe ihn kaum gehört", sagte er. Er bewegte den Kopf hin und her, um die Nackenmuskeln zu entspannen. „Ich hoffe nur, daß es jetzt genug ist. Wie oft haben wir die Klappen und das Fahrwerk jetzt ausgefahren und eingefahren? Dreimal? Wenn er es noch mal verlangt, werde ich..."

‚Halt', sagte er zu sich selbst. ‚Laß sie nicht merken, in was für einem Zustand du bist...'
Sie beugte sich zu ihm hinüber und wischte ihm mit einem Taschentuch über Gesicht und Stirn.
‚Komm jetzt', ermahnte er sich. ‚Reiß dich zusammen! Das ist alles nur eine nervöse Reaktion. Denk an Treleaven, denk daran, daß er genauso übel dran ist. Er ist zwar sicher am Boden, aber... Und was geschieht, wenn *er* etwas vergißt...?'
„Haben Sie gesehen?" sagte Janet. „Die Sonne geht auf."
„Natürlich", log er und hob die Augen. Vor ihnen im Westen war der Wolkenteppich in Rosa und Gold getaucht. Die weite Wölbung des Himmels war nun schon heller geworden. Im Süden konnte er zwei Berggipfel sehen, die wie Inseln in einem wogenden Ozean aus den Wolken ragten.
„Es wird nicht mehr lange dauern." Er hielt inne. Dann: „Janet..."
„Ja?"
„Bevor wir runtergehen, sehen wir noch ein letztes Mal – ich meine, noch einmal nach den Piloten. Vermutlich werden wir ziemlich aufbumsen. Ich möchte nicht, daß die beiden herumgeworfen werden."
Janet warf ihm ein dankbares Lächeln zu. „Können Sie einen Moment allein weitermachen?" fragte sie.
„Keine Angst. Ich schreie schon, wenn etwas ist."
Sie streifte den Kopfhörer ab und stand auf. Als sie sich umwandte, öffnete sich die Tür zur Passagierkabine, und Baird schaute herein.
„O – Sie sind vom Funkgerät weg!" bemerkte er.
„Ich wollte gerade einen Blick auf den Captain und den Copiloten werfen, um zu sehen, ob man etwas für sie tun kann."
„Nicht nötig", sagte Baird. „Ich habe vor ein paar Mi-

nuten nach ihnen geschaut, als Sie gerade sehr beschäftigt waren."
„Doktor", rief Spencer, „wie steht's hinten?"
„Deshalb komme ich", sagte Baird. „Die Zeit wird allmählich knapp..."
„Könnten wir Ihnen über Funk irgendeine Hilfe verschaffen?"
„Ich würde mit dem Arzt da unten gern meine Diagnose vergleichen, aber es dürfte im Augenblick wichtiger sein, das Gerät für Sie frei zu halten. Wie lange brauchen wir noch?"
„Tja – eine knappe halbe Stunde, würde ich sagen. Was meinen Sie?"
„Ich weiß nicht recht", sagte Baird zweifelnd. Er stand hinter Spencer. Jeder Zentimeter seines Körpers schien aus Müdigkeit zu bestehen. Er hatte die Ärmel seines Oberhemds hochgekrempelt und die Krawatte gelöst.
„Zwei Patienten sind im Zustand völliger Erschöpfung", sagte er. „Wie lange sie noch ohne Behandlung durchhalten, kann ich nicht sagen. Aber sicher nicht mehr lange, das steht fest. Ein paar andere werden bald genauso schlimm dran sein, wenn ich mich nicht sehr täusche."
Spencer verzog das Gesicht. „Hilft Ihnen jemand?"
„Ja. Sonst hätte ich's gar nicht geschafft. Vor allem dieser Bursche aus Lancashire ist großartig. Er hat sich wirklich als..."
In die Kopfhörer kam Leben: „Hallo – 714! Hier ist Vancouver. Bitte kommen."
Spencer winkte Janet in den Sitz zurück. Hastig legte sie sich die Kopfhörer um.
„Ich gehe wieder nach hinten", sagte Baird.
„Viel Glück!"
„Ein Moment", sagte Spencer und nickte dem Mädchen zu.

„714 hier", sprach Janet ins Mikrophon. „Wir werden sofort wieder rufen, Vancouver!"
„Doktor", sagte Spencer eilig, „ich möchte Ihnen reinen Wein einschenken. Es kann verdammt kitzlig werden. Es wird einiges passieren!" – Der Doktor sagte nichts.
„Sie wissen, wie ich das meine. Wahrscheinlich werden die Leute da hinten ein bißchen durchgerüttelt. Versuchen Sie doch, sie irgendwie etwas abzusichern, ja?"
Baird suchte nach Worten. Dann antwortete er in rauhem Ton: „Tun Sie, was Sie können. Alles andere überlassen Sie mir." Er klopfte dem jungen Mann leicht auf die Schulter und ging nach hinten.
„Okay jetzt", sagte Spencer zu dem Mädchen.
„Bitte kommen, Vancouver. Fahren Sie fort", rief sie.
„Hallo.– 714", antwortete die klare, ruhige Stimme Treleavens. „Nachdem wir Ihnen jetzt eine verdiente Schnaufpause gegönnt haben, müssen wir aber weitermachen. Sie müssen jetzt unbedingt jedes Wort verstehen. Empfangen Sie mich klar? Bitte kommen."
„Sagen Sie ihm, ich hätte mich jetzt ein paar Minuten ausgeruht", sagte Spencer, „und wir hören ihn mit Stärke neun..."
„... kurze Ruhe", sagte Janet, „und wir hören Sie mit Stärke neun."
„Ausgezeichnet, George. Unser Flugtraining hat Sie ein bißchen fertiggemacht. Aber Sie werden verdammt froh darüber sein, wenn Sie hereinkommen. Sie befinden sich jetzt auf Warteposition und können anfangen, Höhe zu verlieren. Erst möchte ich aber noch mit Janet sprechen. Hören Sie zu, Janet?"
„Hallo – Vancouver. Ja, ich höre Sie."
„Janet, bevor wir die Landung machen, möchten wir, daß Sie die Notlandungsübungen zur Sicherheit der Passagiere durchführen. Verstehen Sie mich? Bitte kommen."

„Ich verstehe, Captain. Bitte kommen."
„Noch was, Janet. Unmittelbar, bevor Sie landen, müssen wir den Piloten bitten, die Notglocke zu drücken. Und, George – der Schalter für diese Klingel ist oberhalb, rechts vom Copilotensitz. Er ist rot angemalt."
„Sehen Sie ihn?" fragte Spencer, ohne aufzublicken.
„Ja", sagte Janet. „Ich hab ihn."
„In Ordnung. Vergessen Sie das nicht."
„Janet", bemerkte Treleaven, „dies ist Ihre letzte fliegerische Aufgabe vor der Landung. Ich möchte nämlich, daß Sie dann nach hinten zu den Passagieren gehen."
„Sagen Sie ihm – nein!" fiel Spencer ein. „Ich brauche Sie hier vorn!"
„Hallo, Vancouver", sagte Janet. „Ich habe Ihre Anweisungen verstanden. Aber der Pilot braucht meine Hilfe. Bitte kommen."
Es entstand eine lange Pause. Dann antwortete Treleaven: „Gut, 714. Ich verstehe Spencers Standpunkt. Aber es ist Ihre Pflicht, Janet, dafür zu sorgen, daß sämtliche Sicherheitsmaßnahmen getroffen sind, bevor wir daran denken können, zu landen. Gibt es bei Ihnen oben jemanden, der die Sache übernehmen könnte?"
„Was ist mit dem Doktor?" erinnerte Spencer.
Janet schüttelte den Kopf. „Der hat genug zu tun", sagte sie.
„Aber wir haben noch mehr zu tun", knurrte er. „Ich muß Sie unbedingt hier haben, wenn wir auch nur die geringste Chance haben wollen, runterzukommen."
Sie zögerte. Dann drückte sie auf den Mikrophonknopf. „Hallo – Vancouver. Doktor Baird wird sich auf jeden Fall um die kranken Passagiere kümmern, wenn wir landen. Ich glaube, daß er sowieso der beste Mann ist, um die Passagiere für den Notfall zu unterweisen. Außerdem ist noch ein Mann da, der ihm hilft. Bitte kommen."

„Hallo, Janet. Sehr gut! Schnallen Sie sich jetzt los und bringen Sie dem Doktor die ganze Sache bei – aber sehr sorgfältig. Es darf unter gar keinen Umständen irgendwelche Irrtümer geben. Sagen Sie mir, wenn Sie damit fertig sind."
Janet legte die Kopfhörer ab und kletterte aus ihrem Sitz. „Hallo – George", fuhr Treleaven fort, „geben Sie acht, daß Sie jetzt alles mitbekommen. Ich gebe Ihnen alle nötigen Anweisungen, wenn Sie den Flugplatz anfliegen. Ich möchte, daß Sie sich mit der Sache vertraut machen. An einiges werden Sie sich aus Ihren alten Fliegertagen erinnern. Ich bin sicher, Sie wissen, woran Sie sind. Sofern Sie irgendwelche Zweifel haben, wäre jetzt noch Zeit, mir das zu sagen. Wir können so viele Scheinanflüge machen, wie Sie wollen, damit Sie Training bekommen. Aber wenn Sie dann endgültig landen, muß alles einwandfrei klappen. Wir fangen mit der ersten Übung an, sobald Janet wieder da ist."

Im Kontrollraum von Vancouver nahm Treleaven die kalte Zigarette aus dem Mundwinkel und warf sie weg. Er sah zur elektrischen Uhr auf und blickte dann den Kontrolleur an. „Wieviel Benzin haben sie an Bord genommen?" fragte er.
Grimsell nahm den Notizblock vom Tisch. „Wenn sie normal fliegen, reicht es noch für 90 Minuten", sagte er.
„Wie schaut's aus, Captain?" fragte Burdick. „Glauben Sie wirklich, daß für Platzrunden und Anflüge genug Zeit bleibt?"
„Es sieht so aus", sagte Treleaven. „Übrigens ist das ja sein erster Alleinflug! Aber es wäre gut, die Sache mit dem Benzin genau zu prüfen, Mr. Grimsell, ja? Wir müssen noch etwas übrigbehalten – für den Ozean,

falls wir uns als letzte Maßnahme doch für die Wasserung entschieden."
„Mister Burdick", rief der Telefonist, „Ihr Präsident ist am Apparat!"
Burdick schnaufte. „Momentan hat er zu warten! Sagen Sie ihm, daß ich jetzt unmöglich mit ihm reden kann. Verbinden Sie ihn mit dem Maple-Leaf-Büro. Warten Sie noch. Geben Sie zuerst mir das Büro!" Er hob einen Hörer ab und wartete ungeduldig. „Bist du da, Dave? Hier ist Harry. Zu deiner Orientierung: der Alte ist am Apparat. Schau zu, daß du mit ihm fertig wirst. Sag ihm, die 714 fliegt noch, und seine Gebete könnten nicht inniger sein als unsere. Ich werde ihn anrufen, sobald es etwas zu berichten gibt. Ich vermute ohnehin, daß er eine Maschine hierher nehmen wird. Mach's gut, Boy!"
Der Assistent des Kontrolleurs wandte sich an seinen Chef, eine Hand über die Sprechmuschel eines Apparates gelegt: „Und hier hängt Howard am Apparat. Er sagt, die Presseleute wären..."
„Ich werde mit ihm sprechen." Der Kontrolleur griff nach dem Telefon. „Hör zu, Cliff! Wir können jetzt auf gar keinen Fall mehr Gespräche führen, die nicht dienstlich sind. Die Dinge sind im Augenblick wirklich zu kritisch! Ja – ich weiß. Wenn sie Augen im Kopf haben, dann sollen sie selber schauen." Mit einem Knall warf er den Hörer auf die Gabel.
„Ich glaube, der Junge hat sie uns bis jetzt ganz schön vom Halse gehalten", grunzte Burdick.
„Ganz meine Meinung", stimmte der Kontrolleur zu. „Aber wir können uns jetzt nicht verrückt machen lassen."
Treleaven stand am Funkgerät. Seine Finger trommelten abwesend. Seine Augen waren unverwandt auf die Uhr gerichtet. Draußen auf dem Flugplatz waren die Sicherheitsmaßnahmen im ersten Licht der Dämmerung in vollstem Gange.

In einem Krankenhaus legte eine Schwester den Hörer auf die Gabel und sprach mit einem Arzt, der am Tisch saß und arbeitete. Sie reichte ihm seinen Mantel und griff gleichzeitig nach ihrem eigenen. Sie eilten hinaus. Wenige Minuten später öffnete sich die Garagentür des Krankenhauses. Ein Ambulanzwagen schoß heran, dann ein zweiter.
In einer Station der städtischen Feuerwehr stand eine der Mannschaften sprungbereit. Beim ersten Ton der Alarmglocke warfen sie ihre Spielkarten auf den Tisch und rannten zur Tür. Der letzte von ihnen flitzte nochmals zum Tisch zurück und deckte die Karten eines Gegenspielers auf. Er hob eine Augenbraue – dann raste er hinter seinen Kollegen her.
Bei der kleinen Häusergruppe in der Nähe von Sea Island Bridge, die in direkter Linie hinter dem Flugfeld lag, verfrachteten Polizisten ein paar Familien in Autobusse. Die meisten dieser Leute trugen hastig übergeworfene Straßenkleider, unter denen ihre Nachtgewänder vorlugten. Ein kleines Mädchen, das aufmerksam zum Himmel hinaufsah, stolperte über seine eigenen Pyjamahosen. Es wurde von einem Polizisten schleunigst wieder aufgehoben und in einem Bus verstaut. Der Polizist setzte sich neben den Fahrer, dann fuhren sie los.

„Hallo – Vancouver!" rief Janet, die noch ein wenig atemlos war. „Ich habe die Sicherheitsanweisungen gegeben Bitte kommen."
„Braves Mädchen!" sagte Treleaven erleichtert. „Also – George", fuhr er dann rasch fort, „die Uhr rennt, als wenn sie was gegen uns hätte. Zuerst stellen Sie Ihren Höhenmesser auf 30,1 ein. Dann nehmen Sie vorsichtig etwas Gas weg. Aber behalten Sie die Geschwindigkeit

bei, bis Sie pro Minute 500 Fuß an Höhe verlieren. Beobachten Sie unentwegt Ihre Instrumente. Sie werden beim Sinken ziemlich lange in den Wolken sein."
Spencer griff nach den Gashebeln und zog sie vorsichtig zurück. Das Instrument zeigte eine Fallgeschwindigkeit von 600 Fuß pro Minute an. Die Nadel fiel langsam und ein wenig unregelmäßig weiter und blieb dann konstant bei 500 Fuß pro Minute stehen.
„Jetzt kommen die Wolken", sagte er, als das schwache Tageslicht abrupt zu verschwinden schien. „Fragen Sie ihn, wie hoch die Untergrenze der Wolken hängt."
Janet gab die Frage durch. „Die Untergrenze liegt bei etwa 2000 Fuß", antwortete Treleaven. „Und Sie müssen etwa 15 Meilen vom Flugplatz entfernt rauskommen."
„Sagen Sie ihm, daß wir gleichbleibend 500 Fuß pro Minute sinken", sagte Spencer.
Janet gab es durch.
„Gut, 714. George – jetzt wird's ein bißchen kniffliger. Konzentrieren Sie sich. Beobachten Sie unentwegt das Variometer. Gleichzeitig aber möchte ich Sie mit allen Handgriffen bekannt machen, die zur Landung nötig sind. Glauben Sie, daß Sie das jetzt machen können?"
Spencer kam kaum dazu, zu antworten. Seine Augen klebten unentwegt auf dem Instrumentenbrett. Er bewegte nur die Lippen und nickte nachdrücklich.
„Ja, Vancouver", sagte Janet. „Wir werden's versuchen."
„Okay. Wenn Ihnen irgend etwas nicht klar ist, sagen Sie es mir sofort." Treleaven schüttelte eine Hand ab, die ihm irgend jemand auf die Schulter gelegt hatte, der ihn unterbrechen wollte. Seine Augen waren starr auf eine kahle Stelle an der Wand gerichtet. Im Geiste sah er das Instrumentenbrett Spencers deutlich vor sich.

„George, jetzt sage ich Ihnen alles, was Sie bei der Landung tun müssen. Zuerst schalten Sie die hydraulische Pumpe auf AN. Tun Sie jetzt nichts anderes, als sich diese Dinge einzuprägen. Die Anzeige ist ganz links am Brett, etwas links unterhalb des Kreiselkompasses. Haben Sie's? Bitte kommen."
Er hörte, wie Janet antwortete: „Der Pilot weiß das, Vancouver, und hat den Schalter gefunden."
„Schön, 714. Erstaunlich, wie man sich wieder an alles erinnert, was, George?" Treleaven zog sein Taschentuch hervor und wischte sich über den Nacken. „Als nächstes müssen Sie die Enteisungsanlage kontrollieren. Sie ist sicher eingeschaltet und kann rechts am Instrumentenbrett abgelesen werden. Ziemlich genau vor Janet. Dann kommt die Durchflußkontrolle. Das ist nicht weiter kompliziert, muß aber auch gemacht werden, bevor Sie landen. Vergessen Sie auch nicht, nach dem Variometer zu schauen, George? Als nächstes folgt der Bremsdruck. Es sind zwei Apparaturen dafür vorhanden, eine für die inneren und eine für die äußeren Bremsen. Sie befinden sich gleich rechts von der hydraulischen Schaltung, die Sie vorhin gefunden haben. Bitte kommen."
Nach einer Pause gab Janet durch: „Gefunden, Vancouver. Das Instrument zeigt 950 an und ... 1010 Pfund..."
„Demnach sind sie in Ordnung. Aber vor der Landung müssen sie nochmals angeschaut werden. Jetzt die Luftklappen. Sie müssen ein Drittel geschlossen sein. Der Schalter ist genau vor Janets linkem Knie, und Sie werden sehen, daß das Ding in Drittel eingeteilt ist. Kommen Sie so schnell mit? – Bitte kommen."
„Ja, Vancouver. Wir sehen alles."
„Das können Sie übernehmen, Janet. Als nächstes kommen die Schalter für die Innenkühlung. Sie sind deut-

lich markiert. Sie müssen ganz offen sein. Vergewissern Sie sich, Janet. Machen Sie sie ganz auf. Das nächste und eigentlich Wichtigste ist das Fahrgestell. Sie müssen den ganzen Vorgang jetzt durchexerzieren. Aber überlegen Sie sich vorher alles genau – angefangen mit dem Ausfahren der Klappen bis zu dem Moment, in dem die Räder richtig eingerastet sind. Ich gebe Ihnen die entsprechenden Anweisungen. Haben Sie mich beide verstanden? Bitte kommen."
„Sagen Sie ja, danke", sagte Spencer, der seine Augen nicht vom Instrumentenbrett wandte. Seine Schulter hatte begonnen, abscheulich zu jucken, aber er zwang sich gewaltsam, nicht daran zu denken.
„Okay, 714. Wenn Sie im Anflug sind und wenn die Räder ausgefahren sind, müssen die Benzinpumpen eingeschaltet werden. Sonst kann's passieren, daß Ihnen die Benzinzufuhr im blödesten Augenblick wegbleibt. Der Schalter dafür ist in der Nähe des Autopiloten, dicht bei der Gemischkontrolle."
Janet suchte das Instrumentenbrett ab. „Wo?" flüsterte sie Spencer zu. Er deutete auf das Brett und zeigte ihr den Schalter: „Dort!" Sein Finger wies auf einen kleinen Schalter.
„In Ordnung, Vancouver", sagte Janet.
„Jetzt müssen Sie das Gemisch auf ‚reich' regulieren. Ich weiß, George brennt schon drauf – also brauche ich nichts weiter zu sagen. Er wird das schon richtig machen. Dann müssen Sie die Propeller verstellen, bis die grünen Lichter unter den Schaltern aufleuchten. Sie befinden sich ziemlich genau vor Georges rechtem Knie, glaube ich. Stimmt's?"
„Der Pilot sagt ja, Vancouver."
„Zuletzt kommen die Kompressoren. Wenn die Räder draußen sind, müssen diese auf AUS stehen. Das heißt – in Ihrer Maschine – nach oben. Es sind die vier Hebel

links von den Gashebeln. Gut. Habt ihr noch Fragen? Bitte kommen."

Spencer sah Janet verzweifelt an. „Ich hätte einen Haufen Fragen", sagte er. „Wir werden nachher von all diesem Quatsch keinen Dunst mehr haben."

„Hallo, Vancouver", sagte Janet, „wir glauben, daß wir uns überhaupt nichts merken können."

„Das brauchen Sie auch nicht, 714. Ich werde für Sie mitdenken. Es gibt noch einige andere Punkte – wenn's soweit ist. Ich wollte nur gern die ganze Geschichte mit Ihnen durchgehen, George, damit Sie imstande sind, alles auszuführen, ohne daß Sie dabei allzuviel Konzentration verlieren. Denken Sie daran: dies ist nur eine Übung. Ihre Aufgabe besteht nach wie vor darin, das Flugzeug zu fliegen!"

„Fragen Sie ihn nach der Zeit", sagte Spencer. „Wie lange haben wir noch...?"

Janet gab die Frage nach Vancouver durch.

„Wie ich Ihnen schon sagte, George, haben wir massenhaft Zeit. – Aber wir wollen nichts davon vergeuden. Sie werden in etwa zwölf Minuten über dem Flugplatz sein. Aber lassen Sie sich dadurch nicht nervös machen. Wir haben Zeit, die Übungen zu wiederholen, sooft Sie wollen." Er machte eine Pause. Dann: „Die Radarleute sagen, daß eine Kursberichtigung nötig ist, George. Wechseln Sie die Richtung um 5 Grad auf 260 Grad. Bitte kommen."

Treleaven schaltete sein Mikrophon aus und wandte sich an den Kontrolleur. „Wir haben sie jetzt auf dem Gleitpfad", sagte er. „Sobald wir sie sehen, lasse ich sie heruntergehen und ein paar Platzrunden üben. Wir werden sehen, wie sie sich dabei anstellen."

„Hier ist alles bereit", sagte der Kontrolleur. Er rief seinem Assistenten zu: „Geben Sie für den ganzen Flugplatz Alarm."

„Hallo, Vancouver", kam Janets Stimme durch den Lautsprecher. „Wir haben den Kurs auf 260 Grad geändert."

„Okay, 714", sagte Treleaven und zog sich mit einer Hand die Hose hoch. „Geben Sie mir bitte Ihre Höhe durch."

„Vancouver", antwortete Janet wenige Sekunden später, „unsere Höhe beträgt jetzt 2500 Fuß."

Treleaven hörte die Angabe des Radaroperateurs in seinen Kopfhörern: „15 Meilen vom Flugplatz entfernt!"

„Schön, George", sagte er. „Sie müßten jetzt jeden Moment aus den Wolken herauskommen. Sobald Sie draußen sind, schauen Sie sich nach dem Blinkscheinwerfer am Flugplatz um. Bitte kommen."

„Schlechte Neuigkeiten", sagte Burdick zu Treleaven. „Das Wetter ist verdammt dick. Gerade fängt's auch noch zu regnen an."

„Dagegen kann ich auch nichts machen", fluchte Treleaven. „Sagen Sie dem Turm", wandte er sich an den Kontrolleur, „sie sollen die Beleuchtung anschalten. Sie sollen alles einschalten, was irgend möglich ist. Die Maschine wird in ein paar Minuten hier sein. Ich möchte den letzten Sprechfunk auf derselben Frequenz durchführen wie bisher. Spencer hat keine Zeit, erst andere Frequenzen zu suchen."

„In Ordnung", sagte der Kontrolleur und hob einen Telefonhörer ab.

„Hallo – 714", rief Treleaven. „Sie sind jetzt 15 Meilen vom Flugplatz entfernt. Sind Sie noch in den Wolken. George? Bitte kommen."

Es folgte eine lange Pause. Endlich kam wieder Leben ins Funkgerät. Es war Janets Stimme mitten im Satz. Sie sagte aufgeregt: „... hellt sich langsam auf – ich glaube, ich habe etwas gesehen ... Ich bin nicht sicher ...

Ja – jetzt seh ich deutlich! Sehen Sie auch, Mr. Spencer? Dort – geradeaus! Wir können das Blinklicht sehen, Vancouver!"
„Gott sei Dank", sagte Treleaven zu Burdick. „Sie sind durch. Schön, George", rief er ins Mikrophon. „Bleiben Sie jetzt auf zweitausend Fuß und warten Sie meine Anweisungen ab. Ich laufe jetzt zum Kontrollturm rauf. Sie werden mich also ein paar Minuten lang nicht hören. Wir werden die geeignete Landebahn in allerletzter Minute bestimmen, damit Sie gegen den Wind landen können. Vorher müssen Sie ein paar Scheinanflüge machen, um die Landung zu üben. Bitte kommen."
Sie hörten Spencers Stimme sagen: „Ich werde es jetzt übernehmen, Janet!"
Dann folgten Bruchstücke einer Unterhaltung. Und dann kam wieder Spencers Stimme durch den Äther. Seine Worte klangen schneidend: „Wir können nicht mehr darum würfeln, Vancouver! Die Situation hier bei uns erlaubt das nicht. Wir kommen jetzt – direkt – rein!"
„Was??" stieß Burdick entsetzt hervor. „Aber das kann er doch nicht!"
„Seien Sie kein Narr, George", sagte Treleaven beschwörend. „Sie *müssen* ein paar Anflüge üben."
„Ich halte die Sinkgeschwindigkeit", sagte Spencer gepreßt. Seine Stimme zitterte. „Wir haben hier oben ein paar sterbende Menschen. *Sterbende!* Kapiert Ihr das? Ich riskiere beim ersten Anflug ebensoviel wie beim zehnten. Ich komme direkt rein."
„Lassen Sie mich mit ihm sprechen", bat der Kontrolleur den Captain.
„Nein", sagte Treleaven. „Wir haben keine Zeit für Auseinandersetzungen." Sein Gesicht war weiß. Die Adern an den Schläfen pulsierten. „Wir müssen rasch handeln. Wir haben keine andere Wahl. Nebenbei

gesagt ist *er* jetzt Kommandant des Flugzeugs. Ich habe mich seinen Entscheidungen zu unterwerfen!"
„Das können Sie nicht machen", protestierte Burdick. „Glauben Sie nicht, daß er ..."
„Gut", rief Treleaven ins Mikrophon. „Ist in Ordnung – wenn Sie's absolut so wollen. Warten Sie einen Moment, wir gehen jetzt schnell zum Turm hinauf. Viel Glück für uns alle! Ich höre Sie jetzt nicht, George."
Er riß sich die Kopfhörer ab, warf sie auf den Tisch und sagte zu den anderen: „Los!"
Die drei Männer eilten aus dem Zimmer und rasten den Korridor entlang. Burdick als Nachhut. Ohne den Fahrstuhl zu beachten, liefen sie die Treppen hinauf, alles beiseite stoßend, was ihnen von oben entgegenkam. Sie platzten in den Kontrollturm hinein. Ein Flugsicherungslotse stand an den riesigen Fensterflächen und schaute mit einem Fernglas in den sich lichtenden Himmel. „Da ist er!" rief er. Treleaven griff nach einem anderen Glas, warf einen Blick hindurch, dann stellte er es wieder hin.
„Gut", sagte er atemlos. „Jetzt müssen wir schnell die Landebahn bestimmen."
„Null – Acht", sagte der Lotse. „Das ist die längste. Außerdem liegt sie am günstigsten."
„Radar!" rief der Captain. „Hier – Sir."
Treleaven trat an einen Seitentisch, auf dem unter einer Glasscheibe ein Plan des Flugplatzes lag. Er nahm einen dicken Fettstift zur Hand, um den vorgesehenen Kurs des Flugzeuges zu markieren.
„Wir machen es folgendermaßen. Er dürfte jetzt ungefähr hier sein. Wir lassen ihn eine weite Linkskurve fliegen. Gleichzeitig holen wir ihn auf tausend Fuß herunter. Dann schicken wir ihn nach der See zu und bringen ihn in vorsichtiger Wendung zum Endanflug. Ist das klar?"

„Ja, Captain", sagte der Lotse.
Treleaven nahm einen Kopfhörer, der ihm von irgend jemandem hingehalten wurde, und setzte ihn auf. „Ist der Kopfhörer mit dem Radarraum verbunden?" fragte er.
„Ja, Sir."
Der Kontrolleur sprach in ein Mikrophon, das seine Stimme nach draußen – mächtig verstärkt – übertrug: „Turm an alle Rettungsfahrzeuge. Piste Zwei – Vier gilt als Straße. Die Flughafenfahrzeuge nehmen Standort Nummer 1 und 2 ein. Die zivilen Mannschaften Nummer 3. Alle Ambulanzen kommen auf Standort 4 und 5. Ich befehle hiermit, daß kein Fahrzeug seinen Standort verläßt, bevor das Flugzeug an ihm vorüber ist! Anfangen!"
Captain Treleaven stützte sich auf die Platte eines Kontrollpults und drückte auf den Schalter eines Tischmikrophons. Neben seinem Ellbogen begannen die Spulen eines Tonbandgerätes sich zu drehen.
„Hallo – George Spencer", rief er in ausgeglichenem Ton. „Hier ist Paul Treleaven im Turm von Vancouver. Hören Sie mich?"
Janets Stimme füllte den Kontrollraum. „Ja, Captain. Wir hören Sie laut und deutlich. Bitte kommen."
Über die Kopfhörer berichtete die unpersönliche Stimme des Radaroperateurs: „Zehn Meilen! Jetzt muß er auf 253 Grad drehen!"
„Hallo – George. Sie sind jetzt 10 Meilen vom Flugplatz entfernt. Drehen Sie auf 253 Grad ab. Nehmen Sie das Gas zurück und fangen Sie an, auf 1000 Fuß zu sinken. Janet, bereiten Sie in bezug auf die Passagiere alles für die Landung vor. Von jetzt ab bestätigen Sie bitte keine Durchsage mehr – es sei denn, Sie hätten eine Frage."
Spencer nahm eine seiner Hände auf einen Augenblick

vom Steuer und bewegte die starren Finger. Er versuchte, das Mädchen, das neben ihm saß, anzulächeln. „Okay, Janet. Tun Sie Ihre Pflicht...", sagte er zu ihr.
Sie nahm ein Mikrophon vom Haken, das seitlich in der Kabine hing, und drückte auf den Knopf der Bordsprechanlage. Dann begann sie: „Achtung, bitte! Würden Sie bitte zuhören. Achtung, bitte!" Ihre Stimme schlug um. Sie faßte das Mikrophon fester und bemühte sich um eine klare Stimme. „Würden Sie bitte Ihre Sitze aufrecht stellen und sich fest anschnallen. Wir werden in einigen Minuten landen. Danke."
„Ausgezeichnet", komplimentierte Spencer. „Das klang genauso wie bei jeder x-beliebigen Landung, was?"
Sie versuchte zurückzulächeln und biß sich dabei auf die Unterlippe. „Nicht so ganz", sagte sie.
„Wir haben allerhand hinter uns", sagte Spencer. „Ich hätte es bis jetzt nicht geschafft ohne..." Er brach ab, bewegte vorsichtig die Steuer und wartete, bis das Flugzeug eine Reaktion auf diese Bewegungen zeigte. „Janet", sagte er, die Augen auf den Höhenmesser gerichtet, „wir haben nicht mehr viel Zeit. Jetzt geschieht, was früher oder später geschehen muß. Aber ich möchte sicher sein, daß Sie verstehen, warum ich gleich beim erstenmal versuchen muß, die Maschine auf den Boden zu bringen."
„Ja", sagte sie leise. „Ich versteh's doch." Sie hatte die Gurte um die Hüften geschnallt. Nun preßte sie die Hände genauso fest zusammen wie die Lippen.
„Ja... Ich wollte nämlich danke sagen", brachte er ungeschickt heraus. „Ich habe keine Versprechungen gemacht. Von Anfang an nicht. Und ich kann auch jetzt keine machen. Wenn irgend jemand weiß, wie unsicher ich bin, dann sind Sie es. Aber Runden über dem Flugplatz drehen würde es nicht besser machen. Und ein

paar dieser Leute da hinten werden mit jeder Sekunde kränker. Es ist besser für sie, es sofort zu riskieren."
„Ich sagte Ihnen", antwortete sie, „Sie brauchen nichts zu erklären!"
Er warf ihr einen beunruhigten Blick zu. Er fürchtete, sich vor ihr völlig bloßgestellt zu haben. Sie schaute auf den Fahrtmesser. Er konnte ihr Gesicht nicht sehen. Dann blickte er hinaus auf die breite Tragfläche. Sie balancierte auf ihrer Spitze die neblige, blaugraue Silhouette eines Hügels, der von funkelnden Straßenlampen durchzogen war. Unter dem Flugzeug glitten die blinkenden Lichter des Flughafens hinweg. Sie erschienen winzig und weit, weit entfernt, wie von Kinderhand achtlos weggeworfene rote und gelbe Perlen.
Er fühlte, daß sein Herz bis zum Hals heraufschlug. Er war sich völlig im klaren darüber, daß sein Leben jetzt nach Minuten – ja, nach Sekunden meßbar wurde.
„Nun geht's los", hörte er sich selbst sprechen. „Jetzt passiert's, Janet. Ich beginne zu sinken. *Jetzt!*"

05 Uhr 25 - 05 Uhr 35

Harry Burdick ließ das Fernglas sinken und reichte es dem Turmkontrolleur zurück. Er fröstelte.
Von dem Beobachtungsbalkon aus, der sich um den Turm zog, blickten die beiden Männer ein letztes Mal über den Flugplatz, auf die Benzinwagen, die weit abseits standen, und auf die Menschen, die – im Zwielicht nun deutlich sichtbar – dort Wache standen. Die laufenden Lastwagenmotoren am Ende des Flugplatzes untermalten die fieberhafte Spannung, die über dem ganzen Flugplatz zu liegen schien.
Burdick hatte während der letzten Minuten das Gefühl, als hielte die ganze Welt den Atem an.
„Wir fliegen jetzt 253 Grad", kam die Stimme des Mädchens durch den Lautsprecher. „Wir verlieren schnell Höhe."
Burdick blickte in das Gesicht des jungen Mannes, der neben ihm stand. Ohne ein Wort drehten sie sich um und traten wieder an die großen Glasscheiben, die den Kontrollraum umgaben. Ihre Gesichter waren in das grünliche Licht des Kontrollpults getaucht.
„Ist der Wind noch okay?" fragte der Captain.
Grimsell nickte. „Ein bißchen seitlich zur Landebahn Null-Acht. Aber sie ist nach wie vor am besten. Sie ist die längste."
„Radar", sagte Treleaven in sein Mikrophon, „halten Sie mich ständig auf dem Laufenden, gleichgültig, ob ich mit dem Flugzeug spreche oder nicht. Es wird keine

normale Radarlandung sein... Unterbrechen Sie mich sofort, wenn 714 in Schwierigkeiten gerät. Schreien Sie einfach dazwischen!"
Burdick tippte ihm auf die Schulter. „Captain", beschwor er ihn, „wollen wir nicht noch einmal versuchen, ihn davon abzuhalten – wenigstens bis es heller ist und..."
„Die Entscheidungen sind schon getroffen", sagte Treleaven kurz. „Der Bursche da oben ist schon nervös genug. Wenn wir jetzt mit ihm diskutieren, ist alles aus."
Burdick schwieg und wandte sich ab. Treleaven fuhr in ruhigerem Ton fort: „Ich verstehe Ihre Gefühle, Harry. Aber Sie müssen ihn auch verstehen. Für ihn steht alles auf des Messers Schneide."
„Was geschieht, wenn er schlecht reinkommt?" fiel Grimsell ein. „Was haben Sie dann vor?"
„Er wird wahrscheinlich schlecht hereinkommen", gab Treleaven grimmig zurück. „Falls es aussichtslos ist, will ich versuchen, ihn nochmals um den Platz zu leiten. Wir werden uns weitere Diskussionen sparen, solange nicht bewiesen ist, daß es keine Möglichkeit gibt, die Landung zu machen. Dann muß ich allerdings versuchen, ihn auf den Ozean herunterzubringen." – Einen Augenblick lang horchte er auf den sachlichen Bericht aus der Radarstation, der aus seinen Kopfhörern tönte. Dann drückte er auf den Mikrophonknopf:
„George, fliegen Sie jetzt wieder mit einer Geschwindigkeit von 160. Behalten Sie sie bei."
Als sich 714 einschaltete, kam ein hohles Geräusch aus dem Lautsprecher. Es entstand eine quälend lange Pause, bevor Janets Stimme zu hören war: „Wir sind nun auf tausend Fuß und bleiben in dieser Höhe. Bitte kommen."
„Gut", sagte Treleaven. „Machen Sie jetzt die Gemischkontrolle. Legen Sie den Schalter nach oben." Er warf einen Blick auf seine Armbanduhr. „Nehmen Sie sich

Zeit, George. Wenn Sie fertig sind, drehen Sie die Vergaser-Vorwärmung auf KALT. Sie befindet sich neben den Gashebeln."
„Was ist mit den Benzintanks?" fragte Burdick hastig.
„Schon in Ordnung", antwortete Grimsell. „Er hat jetzt die Flächentanks in Betrieb."
Im Flugzeug blickte Spencer sorgsam von einem Instrument zum anderen. Sein Gesicht glich einer starren Maske. Er hörte Treleavens Stimme ihren unerbittlichen Monolog hersagen: „Als nächstes, George, müssen Sie das Luftfilter auf STOSSEN einstellen und die Kompressoren auf GERING. Lassen Sie sich jetzt Zeit."
Spencer schaute wütend auf die Uhr. – „Die Luftfilterkontrolle ist der einzige Hebel, der sich unterhalb der Gemischkontrolle befindet. Stellen Sie ihn in die Position AUF."
„Sehen Sie's, Janet?" fragte Spencer besorgt.
„Ja, ja, ich hab's schon."
„Die Kompressoren", fuhr Treleaven fort, „sind vier Hebel rechts der Gemischkontrolle. Stellen Sie auch diese jetzt in die AUF-Position."
„Haben Sie's?" fragte Spencer. „Ja."
„Braves Mädchen!" Er bemerkte, daß sich die Horizontlinie vor ihm hob und senkte. Aber er wagte nicht, die Augen vom Instrumentenbrett zu nehmen. Das Dröhnen der Motoren wurde ungleichmäßig.
„Jetzt wollen wir die Klappen auf 15 Grad ausfahren", instruierte ihn Treleaven. „15 Grad – runter bis zur zweiten Kerbe. Das Anzeigegerät ist in der Mitte des Hauptinstrumentenbrettes. Wenn Sie die 15 Grad erreicht haben, nehmen Sie die Fahrt weg, bis Sie 140 Knoten fliegen, und stellen die Trimmung wieder auf Horizontalflug ein. Sobald Sie das gemacht haben, schalten Sie die hydraulische Verstärkerpumpe ein – ganz links. Haben Sie's?"

Durch Treleavens Kopfhörer verkündete der Radar-Operateur:

„Auf 225 Grad drehen! Wir bekommen keine richtige Höhenbestimmung, Captain. Sie schwankt immer zwischen 900 und 1400 Fuß."

„Ändern Sie den Kurs auf 250 Grad ab", sagte Treleaven. „Und achten Sie auf die Höhe, sie ist zu unregelmäßig. Versuchen Sie, auf tausend Fuß zu steigen."

„Er sinkt schnell", sagte der Operateur. „1100 – 1000 – 900 – 800 – 700..."

„Passen Sie auf die Höhe auf!" warnte Treleaven. „Drosseln Sie stärker! Nehmen Sie die Nase der Maschine höher!"

„650 – 600 – 500..."

„Steigen Sie!" rief Treleaven. „Steigen Sie! Sie brauchen unbedingt tausend Fuß!"

„550 – 450", rief der Operateur, zwar immer noch mit ruhiger Stimme. Aber auch er schwitzte. „Das geht nicht gut, Captain. 400 – 400 – 450 – jetzt geht er rauf. 500..."

Treleaven unterbrach sich. Er zerrte den Kopfhörer herunter und wandte sich zu Burdick herum? „Er kann sie nicht fliegen...", platzte er heraus. „Bestimmt – er kann sie nicht fliegen!"

„Sprechen Sie weiter mit ihm", fauchte Burdick und packte den Captain an den Armen. „Sprechen Sie, Captain, um Gottes willen. Sagen Sie ihm, was er machen soll!!"

Treleaven griff nach dem Mikrophon und brachte es wieder an den Mund. „Spencer", sagte er eindringlich, „Sie können nicht direkt herunterkommen. Hören Sie auf mich! Sie müssen ein paar Runden fliegen und den Anflug trainieren. Sie haben genug Sprit für weitere zwei Stunden. Kommen Sie zu sich, Mann!"

Sie horchten gespannt, als Spencer antwortete.

„Begreift jetzt endlich, dort unten! Ich komme jetzt herein. Hören Sie mich? Ich komme herunter! Hier sind Leute an Bord, die in weniger als einer Stunde sterben werden – geschweige denn in zwei! Ich werde die Maschine vielleicht ein bißchen demolieren. Aber das müssen wir in Kauf nehmen. Fangen Sie jetzt mit den Landeanweisungen an. Ich fahre das Fahrgestell aus." – Sie hörten ihn sagen: „Fahrgestell raus, Janet!"
„Schön, George, in Ordnung", sagte Treleaven müde. Er streifte die Kopfhörer über. Schnell gewann er seine Fassung zurück; nur ein Muskel an seinem Unterkiefer zuckte. Eine Sekunde lang schloß er die Augen, dann öffnete er sie wieder und sprach so frisch wie bisher weiter.
„Wenn das Fahrgestell raus ist, dann schauen Sie, ob die drei grünen Lämpchen brennen. Klar? Halten Sie Ihren Kurs ständig auf 225 Grad. Geben Sie etwas mehr Gas, damit Sie die Geschwindigkeit halten können, wenn die Klappen ausgefahren sind. Regulieren Sie die Trimmung und halten Sie so viel Höhe wie möglich. Gut. – Prüfen Sie, ob der Bremsdruck etwa tausend Pfund beträgt. Die Anzeige befindet sich rechts der hydraulischen Pumpe am Instrumentenbrett. Wenn der Bremsdruck in Ordnung ist, antworten Sie nicht. Klar? Dann öffnen Sie die Luftklappe auf ein Drittel. Behalten Sie das alles, Janet? Der Schalter befindet sich vor Ihrem linken Knie und ist in Drittel eingeteilt. Antworten Sie nur, falls ich zu schnell spreche. Als nächstes..."
Während Treleaven fortfuhr und seine Stimme den Kontrollturm füllte, trat Burdick leise an die großen Glasfenster und warf einen Blick auf den nun schwach sichtbaren Horizont. Das aufkommende Tageslicht war trübe und durch dicke Wolkenbänke gedämpft.
„Eins ist sicher", sagte Burdick zu einem Operateur, der neben ihm stand, „ganz gleich, was hier innerhalb der nächsten zwei, drei Minuten passiert – jedenfalls wird

die Hölle los sein." Er tastete seine Taschen nach Zigaretten ab, gab es dann aber auf und wischte sich mit dem Handrücken über den Mund.
„Jetzt kommt die Propellerverstellung", sagte Treleaven gerade. „Die Tachometer müssen für jeden Motor 2250 Umdrehungen anzeigen. Nicht bestätigen."
„2250", wiederholte Spencer für sich selbst, während er die Einstellung vornahm. „Janet", sagte er, „geben Sie mir die Geschwindigkeit an."
„Wir fliegen 130", begann sie tonlos, „125 – 120 – 125 – 130 –"
Im Kontrollraum vernahm Treleaven ständig die Stimme aus dem Radarraum, die aus dem Kopfhörer kam. „Die Höhe ist immer noch unregelmäßig. 900 Fuß jetzt..."
„George", sagte Treleaven, „fliegen Sie mit 120 Knoten und trimmen Sie die Maschine wieder aus. Ich wiederhole: Geschwindigkeit 120!" Er sah auf die Uhr. „Machen Sie das gut und vorsichtig – jetzt!"
„Er verliert immer noch Höhe", berichtete der Radar-Operateur. „800 Fuß – 750 – 700..."
„Sie verlieren Höhe!" fauchte Treleaven. „Sie verlieren Höhe!! Rauf – rauf! Sie brauchen unbedingt etwa tausend Fuß!"
Janet fuhr unbeirrt fort, die Geschwindigkeit anzusagen: „110 – 110 – 105 – 110 – 120 – 120 – 120 – gleichbleibend 120 –"
„Nun steig schon endlich! Los!" preßte Spencer zwischen den Zähnen hervor und zog gleichzeitig an der Steuersäule. „Ist das ein lumpiger alter Karren! Das Luder will nicht. Will einfach nicht..."
„125 – 130 – 130 – gleichbleibend 130..."
„Höhe jetzt 900 Fuß", sagte der Radar-Operateur. „950. Jetzt 1000. Er soll eine Linkskurve zur Anfluglinie machen. 268 Grad. Er hält jetzt tausend Fuß."

Treleaven rief dem Turm-Kontrolleur zu: „Er dreht jetzt auf die Anfluglinie. Löschen Sie alle Pistenlichter – außer denen auf Piste Null – Acht." Er sprach ins Mikrophon: „Jetzt kommt die letzte Kurve, George. 268 Grad. Nach 268 Grad drehen! Achten Sie auf Fahrt und Höhe. Halten Sie so lange tausend Fuß Höhe, bis ich es Ihnen sage."
Reihe um Reihe erloschen die Pistenlampen. Übrig blieb eine Lichterkette rechts und links der Hauptlandebahn. Wie ein ungeheurer, schwerfälliger Vogel kurvte die „Empress" langsam über das östliche Ende von Landsdowne Race Track, über dem der erste Morgennebel lag – dann über den Arm des Fraser-Flusses. Rechts wurde die Brücke vom Festland nach Sea Island gerade wahrnehmbar.
„Wenn Sie aus der Kurve herauskommen", sagte Treleaven, „werden Sie die Landebahn genau vor sich sehen. Es regnet, und es ist wahrscheinlich gut, wenn Sie die Scheibenwischer einschalten. Der Schalter ist rechts unten am Copilotensitz. Er ist deutlich markiert."
„Suchen Sie ihn, Janet", sagte Spencer.
„Halten Sie die Höhe auf tausend Fuß, George. Sie sind noch weit draußen und haben genügend Zeit. Janet soll nach dem Schalter für den Landescheinwerfer schauen. Er ist im oberen Instrumentenbrett, etwas links der Mitte. Halten Sie die Höhe!"
„Können Sie den Schalter finden?" fragte Spencer.
„Moment – ja, ich habe ihn."
Spencer wagte einen schnellen Blick nach vorn. „Meine Güte", stöhnte er. Die Lichter der Landebahn, glitzernde Stecknadelköpfe, die aus dem blaugrauen Dunst auftauchten, schienen aus dieser Entfernung unglaublich dicht beieinander zu liegen. Fast wie eine kurze Strecke Eisenbahnschienen. Er wischte sich rasch über die Augen, die vor Überanstrengung tränten.

„Sie liegen gut auf Kurs", sagte Treleaven. „Halten Sie die Höhe. Hören Sie genau zu. Sie müssen auf dem ersten Drittel der Landebahn aufsetzen. Wir haben leichten Seitenwind. Er kommt von links. Also seien Sie darauf gefaßt, daß Sie etwas nach rechts gegensteuern müssen."

Spencer brachte die Flugzeugnase langsam in die erforderliche Lage. „Wenn Sie zu weit hinten landen, dann nehmen Sie die Notbremse zu Hilfe. Sie brauchen dazu nur den roten Griff zu betätigen, der direkt vor Ihnen ist. Und wenn auch das nicht ausreicht, dann schalten Sie sofort die vier Zündschalter aus, die sich über Ihrem Kopf befinden."

„Sehen Sie die Schalter, Janet?"

„Ja."

„Wenn ich die brauche, muß es schnell gehen", sagte Spencer. „Wenn ich schreie, dann verlieren Sie keine Zeit." Seine Kehle war ausgedörrt.

„Gut", antwortete Janet fast flüsternd. Sie preßte die Hände zusammen, um ihr Zittern zu verbergen.

„Jetzt dauert's nicht mehr lange. Was ist mit der Notglocke?"

„Ich habe sie nicht vergessen. Ich löse sie unmittelbar vor der Landung aus."

„Achten Sie auf die Geschwindigkeit..."

„120 – 115 – 120..."

„Er sinkt", sagte der Radar-Operateur. „Vierhundert Fuß pro Minute. Lassen Sie Fahrwerk und Klappen prüfen. Er soll den gegenwärtigen Kurs beibehalten."

„Gut, George", sagte Treleaven. „Jetzt raus mit den Klappen. Ganz. Nehmen Sie die Fahrt auf 115 runter. Trimmen Sie die Maschine aus und fangen Sie an, 400 Fuß pro Minute zu sinken. Ich wiederhole: Klappen voll ausfahren. Geschwindigkeit 115. 400 Fuß pro Minute sinken. Halten Sie Ihre gegenwärtige Richtung." Er

wandte sich an Grimsell: „Ist auf dem Platz alles vorbereitet?"
Der Kontrolleur nickte. „Soweit vorbereitet, wie's menschenmöglich ist."
„Dann geht's jetzt los. In 60 Sekunden wissen wir alles."
Sie konnten das Motorengeräusch des sich nähernden Flugzeugs hören. Treleaven griff nach dem Fernglas, das ihm der Kontrolleur reichte.
„Janet – bringen Sie die Klappen ganz raus", ordnete Spencer an. Sie stieß den Hebel ganz herunter. „Sagen Sie Höhe und Fahrt an!"
„Tausend Fuß, Fahrt 130 – achthundert Fuß, Fahrt 120 – siebenhundert Fuß, Fahrt 105. Wir sinken zu schnell..."
„Höhe halten!" befahl Treleaven. „Höhe halten! Sie verlieren die Höhe zu schnell..."
„Ich weiß, ich weiß", bellte Spencer zurück. Er stieß die Gashebel vorwärts. „Weiter!" sagte er zu dem Mädchen.
„650 Fuß – Fahrt 100. 400 Fuß – Fahrt 100..."
Burdick schrie vom Balkon herein: „Sehen Sie doch, er hat keine Kontrolle darüber..."
Das Fernglas auf das ankommende Flugzeug gerichtet, sagte Treleaven fast atemlos ins Mikrophon: „Los – los! Sie verlieren zu schnell Höhe! Kontrollieren Sie doch um Himmels willen die Fahrt! Die Nase ist zu hoch! Los – schnell – oder die Maschine sackt Ihnen durch. Schnell, sage ich – schnell!!"
„Er hat Sie schon gehört", sagte Grimsell. „Er schafft's."
Der Radar-Operateur berichtete: „Noch hundert Fuß unter der normalen Anflughöhe. 50 Fuß unter normaler Anflughöhe. Jetzt kreuzt er den Funkstrahl..."
„Runter – runter!" drängte Treleaven. „Wenn Sie die Alarmglocke noch nicht ausgelöst haben, dann tun Sie's jetzt. Die Sitze aufrecht stellen. Die Köpfe der Passagiere runter!"
Als im Flugzeug die Alarmglocke schrillte, schrie Baird,

so laut er konnte: „Alles ducken! Halten Sie sich, so fest Sie können!"

Joe und Hazel Greer, die beiden Sportfans, legten, in ihre Sitze gekauert, fest die Arme umeinander. Childer, ungeschickt in seiner Hast, versuchte, seine bewußtlose Frau an sich zu ziehen, so nahe er konnte. Von irgendwo in der Mitte war der monotone Klang einer betenden Stimme zu hören und von weiter hinten ein Ruf aus den Reihen des trinkfesten Quartetts: „Gott steh uns bei – jetzt geht's los..."

„Halt die Klappe", fauchte Otpot.

„Jetzt sind sie auf dem Leitstrahl", sprach Grimsell in sein Mikrophon. „An alle Feuerwehrwagen und Bergungstrupps: Stehenbleiben, bis das Flugzeug vorbei ist! Die Maschine könnte seitlich ausbrechen." Seine Stimme brach sich metallisch an den Gebäudewänden.

„Er ist wieder auf 200 Fuß herauf", berichtete der Radar-Operator. „Aber immer noch zu tief. Er ist zu tief, Captain! Hundert Fuß..."

Treleaven riß sich die Kopfhörer ab. Er sprang auf, hielt das Mikrophon in der einen Hand und das Fernglas in der anderen. „Höhe halten, bis Sie am Pistenrand sind!" rief er. „Bleiben Sie völlig ruhig. So, das sieht aus, als wär's richtig."

„Verdammter Regen", fluchte Spencer. „Ich kann so schlecht sehen." Er konnte jetzt erkennen, daß sie über Gras flogen. Dann hatte er das unbestimmte Gefühl, als begänne die Landebahn.

„Kontrollieren Sie die Fahrt", ordnete Treleaven an. „Ihre Nase kriecht schon wieder aufwärts..." Einen Augenblick lang hörte man andere Stimmen im Hintergrund. – „Richten Sie sie gerade", fuhr Treleaven fort, „bevor Sie Bodenberührung haben, und seien Sie darauf gefaßt, daß Sie wegen Seitenwind rechts gegensteuern müssen. Jetzt geht's los."

Der Anfang der grauen Rollbahn glitt unter dem Flugzeug weg.
„Jetzt!" rief Treleaven. „Sie kommen zu schnell an. Nase etwas höher. Höher! Gas zurück. Ganz zurück! Nase hoch! Nicht zu sehr! Nicht zu sehr!! Achtgeben auf den Seitenwind. Ruhig runter, ruhig runter..."
Während die Räder des Flugzeuges ein paar Fuß hoch über die Pistenoberfläche huschten, zog Spencer das Steuer sanft zurück und drückte es wieder vor. Er versuchte, sich an den Boden heranzutasten. Seine Kehle war wie zugeschnürt, denn erst jetzt kam ihm zum Bewußtsein, daß die Pilotenkabine hoch über dem Boden war – höher als in jedem Flugzeug, das er bisher geflogen hatte. Eine Schätzung des Abstandes zwischen den Rädern und dem Boden war ihm beinahe nicht möglich. Es schien ein Jahrhundert zu dauern. Die Räder glitten über die Rollbahn – ohne sie zu berühren. Dann setzten sie mit einem Stoß auf. Gummi kreischte – eine Staubwolke stob davon. Der Stoß ließ das Flugzeug in die Luft zurückwippen. Dann versuchten die Reifen wieder, den Boden zu finden.
Der dritte Aufschlag folgte, dann noch einer und noch einer. Durch die zusammengebissenen Zähne fluchend zog Spencer das Steuer bis zum Magen an sich heran. Der Alptraum der letzten Stunden wurde jetzt zur schrecklichen Wirklichkeit. Der graue Streifen unter dem Flugzeug sprang ihm entgegen – entfernte sich wieder – und sprang ihm wieder entgegen. Dann blieb er plötzlich wunderbarerweise in gleicher Entfernung: sie waren unten!
Er trat auf die Fußbremse und drückte sie mit aller Kraft ganz durch. Ein hohes Pfeifen ertönte, aber von einem Ruck war nichts zu spüren, das Rolltempo schien nicht abzunehmen. Aus dem Augenwinkel konnte er sehen, daß schon mehr als zwei Drittel der Piste auf-

gefressen waren. Er würde das Flugzeug niemals rechtzeitig zum Stehen bringen können.
„Sie landen zu schnell", röchelte Treleaven. „Nehmen Sie die Notbremse. Ziehen Sie am roten Griff!"
Spencer zerrte verzweifelt an dem Griff. Er zog die Steuersäule bis an den Bauch an sich heran, gleichzeitig trat er noch stärker auf die Bremsen. Er fühlte in den Armen einen ziehenden Schmerz, als das Flugzeug langsamer wurde. Die Räder waren blockiert, sie rutschten und rasten dann wieder frei davon.
„Zündschalter aus!" schrie er dem Mädchen zu. Einen nach dem anderen schaltete sie aus. Das Motorengeräusch starb ab und hinterließ in der Kabine nur noch das Brummen des Funkgeräts – abgesehen vom Kreischen der Reifen.
Spencer starrte gebannt und entsetzt geradeaus. Ohne Antrieb raste das Flugzeug immer noch vorwärts. Der Boden huschte verschwommen unter ihnen weg. Spencer konnte jetzt eine große Markierung sehen, die das Ende der Rollbahn anzeigte. Im Bruchteil einer Sekunde nahmen seine Augen das Bild eines Feuerwehrwagens auf, dessen Fahrer eben auf den Sitz kletterte, um loszurasen.
Treleavens Stimme platzte in seine Ohren: „Steuern Sie nach links – reißen Sie die Maschine links herum! Hart nach links steuern..."
Spencer überlegte nicht mehr. Er rammte den linken Fuß ins Seitensteuer-Pedal und legte in diese Bewegung alle Kraft, über die er verfügte.
Das Flugzeug, das sofort von der Betonbahn herunterschwenkte, begann, einen Bogen zu beschreiben. Spencer, der von einer Seite seines Sitzes auf die andere geschleudert wurde, bemühte sich, die Tragflächen vom Boden weg zu halten. Plötzlich hörte er Metall reißen und sah ein undefinierbares Licht, als das Fahrgestell brach und das Flugzeug auf dem Bauch schlitterte. Der

Aufprall warf Spencer fast vom Sitz. Er fühlte einen
reißenden Schmerz, als die Gurte tief in sein Fleisch
einschnitten.
„Kopf runter", schrie er, „wir überschlagen uns!"
Sie umklammerten die Unterkanten ihrer Sitze, um
sich gegen den Aufprall und die heftige Erschütterung
zu sichern. Sie versuchten, sich zusammenzukrümmen.
Gleichzeitig rutschte das Flugzeug weiter, tiefe Furchen
ins Gras grabend. Mit metallischen Geräuschen kreuzte
die Maschine eine weitere Rollbahn, rasierte die Pistenlampen ab und schleuderte gleich darauf wieder
ganze Erdfontänen in die Luft...
Spencer betete um das Ende.
Mit blutiggebissenen Lippen wartete er auf den unvermeidlichen Überschlag des Flugzeuges, auf das Splittern, das die Maschine in tausend Stücke reißen würde,
bevor sich unter einem Funkenregen Finsternis über sie
senkte...
Dann aber rührte sich plötzlich nichts mehr. Spencer
fühlte zwar noch immer diese irrsinnigen Bewegungen,
mit denen die Maschine über das Feld gerast war. Doch
seine Augen sagten ihm, daß sie tatsächlich standen.
Ein paar Sekunden lang war alles ruhig. Er versuchte,
sich aus seiner unbequemen Lage zu befreien, und blickte
zu Janet hinüber. Sie hatte den Kopf in den Händen
vergraben und weinte leise. Aus der Passagierkabine
hörte man Murmeln. Die Leute stellten ungläubig fest,
daß sie noch am Leben waren. Jemand lachte kurz und
hysterisch auf. Das löste ein halbes Dutzend Stimmen
aus, die alle gleichzeitig sprachen.
Spencer hörte Baird rufen: „Ist jemand verletzt?"
Das Stimmengewirr schwoll an. Spencer schloß die
Augen. Er fühlte sich hundeelend.
„Am besten öffnen Sie die Notausstiege", näselte Otpot.
„Und jeder bleibt, wo er ist."

Von der Tür der Pilotenkabine, die sich mit einem Ruck öffnete, hörte Spencer die Stimme des Arztes: „Gute Arbeit, Spencer. Sind Sie beide heil geblieben?"
„Ich habe einen Ringelpietz gemacht", murmelte er widerwillig vor sich hin. „Wir haben uns genau um die eigene Achse gedreht. Wahrhaftig eine Leistung, verdammt noch mal..."
„Quatsch, Sie haben es ausgezeichnet gemacht", erwiderte Baird. „Soweit ich es beurteilen kann, gab es nur ein paar Quetschungen und Schocks bei den Passagieren. Aber jetzt wollen wir zuerst nach dem Captain und dem Copiloten schauen. Die beiden müssen ordentlich durchgeschüttelt worden sein."
Spencer wandte sich nach ihm um. Er hatte Mühe, den Kopf zu drehen. „Doktor", seine Stimme war heiser, „haben wir's rechtzeitig geschafft?"
„Ich glaube ja, gerade noch. Jetzt liegt alles Weitere beim Krankenhaus. Sie haben das Ihre getan."
Spencer versuchte aufzustehen. In diesem Augenblick hörte er ein knisterndes Geräusch. Wieder fühlte er, wie ein alarmierendes Gefühl in ihm aufstieg.
Dann aber bemerkte er, daß das Geräusch nur aus dem Kopfhörer kam, der auf den Boden gefallen war. Er langte hinunter und setzte ihn auf, wobei er aber nur eine Muschel ans Ohr hielt.
„George Spencer", rief Treleaven. „George Spencer! Sind Sie da?"
Draußen brach das Sirenenkonzert der Feuerwehr- und Ambulanzwagen los. Stimmen drangen aus der Passagierkabine.
„Ja", sagte er. „Ich bin hier."
Treleaven jubelte auf. Im Hintergrund war deutlich eine angeregte Unterhaltung und Gelächter zu hören.
„George – das war die lausigste Landung in der Geschichte dieses Flughafens! Ich würde Ihnen raten, sich

bei uns nie um einen Pilotenposten zu bewerben. Aber hier sind ein paar Leute, die Ihnen gern die Hand schütteln möchten und später einen Schluck mit Ihnen trinken wollen. Das wär's. Wir kommen jetzt zu euch rüber."
Janet hatte den Kopf gehoben und lächelte schwach. „Sie sollten Ihr Gesicht sehen", sagte sie.
Es fiel ihm keine Antwort ein – keine Witzelei, kein Wort des Dankes. Er wußte nur, daß er unerträglich müde war und Magenweh hatte. Er langte nach ihrer Hand hinüber und grinste.

Ein Familienroman der die Geschichte mit der Gegenwart verschmilzt – im Paris unserer Tage – voll magischer Spiegelungen

Carlos Fuentes
Die Heredias
Roman, 288 Seiten

Deutsche Verlags-Anstalt